home

乡村颠覆的记忆

JIAXINGAN WORK

贾兴安 著

与文学名家对话·中国当代获奖作家作品联展

高长梅 王培静◎主编

花山文艺出版社

图书在版编目(CIP)数据

乡村,颠覆的记忆 / 贾兴安著. – 石家庄：花山文
艺出版社, 2013.7(2021.6 重印)
（与文学名家对话：中国当代获奖作家作品联展 /
高长梅, 王培静主编）
ISBN 978-7-5511-1278-9

Ⅰ.①乡…　Ⅱ.①贾…　Ⅲ.①散文集 – 中国 – 当代
Ⅳ.①I247.5

中国版本图书馆 CIP 数据核字（2013）第 150760 号

丛 书 名：与文学名家对话：中国当代获奖作家作品联展
主　　编：高长梅　王培静
书　　名：**乡村，颠覆的记忆**
作　　者：贾兴安

策　　划：张采鑫
责任编辑：于怀新
责任校对：齐　欣
特约编辑：李文生
全案设计：北京九洲鼎图书有限公司
出版发行：花山文艺出版社（邮政编码：050061）
　　　　　（河北省石家庄市友谊北大街 330 号）
销售热线：0311–88643221
传　　真：0311–88643234
印　　刷：永清县晔盛亚胶印有限公司
经　　销：新华书店
开　　本：710×1000　1/16
字　　数：155 千字
印　　张：11.5
版　　次：2013 年 8 月第 1 版
　　　　　2021 年 6 月第 2 次印刷
书　　号：ISBN 978-7-5511-1278-9
定　　价：39.90 元

C目录
ONTENTS

C目录
CONTENTS

C目录
CONTENTS

C目录
CONTENTS

第六辑
一个农民的一天

第一辑

禁与忌

┃ 气 味 之 谜 ┃

　　世界上最难描写最难形容的，莫过于气味。据科学家推测，人类可辨别一千二百种以上的气味，但事实上究竟存在着多少种气味，却难以估计。一般说来，我们的嗅觉只笼统地言及出物体的臭或香，倘若更为准确更为精细地叙述出来，就变得相当复杂了。因为臭和香都有各自不计其数、分门别类的臭气和香味，就像分子的裂变，再加上臭与香的混合，仿佛两个被除数，可以演算成任何变幻莫测的结果。比如，当我们走进乡间时，从田野扑面而来的芬芳，是怎样的一种香？当我们站在一条污水坑旁时，刺入鼻腔的腥臊，是怎样的一种臭？大蒜什么味？芝麻油是纯香吗？动物的排泄物是纯臭吗？夜阑人静，我们踏着楼梯，摸到自己的家门口，用钥匙打开门，这时，你不用开灯，闻到室内的气味，便能断定是自己的家。孩子住的房间，夫妻共同的卧室，卫生间、书房及厨房，女人的毛巾，男人的袜子，都有各自的气味个性。气味像每一片树叶那样各不相同，企图区分它们，只有用我们的嗅觉密码。假如一定要以口头或文字语言来描述，除了使用比喻，任何丰富的词藻几乎都不能直接而精确地再现。以至于韦斯特在《花粉栖息的花朵》中不得不这么写道："血的气息如尘土。"

"臭豆腐闻起来臭，吃起来香。"这句人人皆知的俗语或者说真理，道出了也证实了气味决不是味道。味道附着于物体并由其携带，气味则由物体发散于空气中。因此，生理学告诉我们，味觉和嗅觉是两个不同的感觉概念。基本味觉有甜、酸、苦、咸四种，其余的则为混合味觉，比如辣觉，就是热觉、痛觉和基本味觉的混合。嗅觉是辨别外界物体气味的感觉，由物体散布于空气中的物质微粒作用于鼻腔上的嗅觉细胞产生兴奋，再传入大脑皮层才引起嗅觉。所以，味道一般是品尝出来的，而气味，只能是"闻见"，这无疑便增加了气味的复杂性。科学研究表明，人类有五百万的嗅觉细胞，听起来多得让人咋舌，但如果有人告诉我们，一只牧羊犬却有二亿二千万，比我们人类的嗅觉多出四十四倍时，我们会感到多么地惭愧，世界上又有多少种气味没被我们破译出来。

　　猪能闻到深埋于地下的食物，蚂蚁凭气味返回数里外的巢穴，狗可以辨别罪犯几小时前留在地面的气味，鲑鱼能准确无误地嗅到遥远的出生海域，在缤纷灿烂的气味世界里，动物是智者，人类是傻瓜。

　　从清东陵容妃墓出土的遗骨看，香妃的头颅短而圆，面部宽阔，额头较低，长得并不美丽，但她身带异香，令乾隆痴迷，所以死去活来地爱她。据说，她沐浴过的洗澡水，被人称为"香水泉"。香妃死后，乾隆托翰林编修为她作诗曰："一缕香魂无断绝，是耶非耶，化为蝴蝶。"李隆基与杨玉环的故事，也是如此，白居易《长恨歌》中说："春寒赐浴华清池，温泉水滑洗凝脂。"唐明皇爱怜或喜欢儿媳妇的重要原因，是在杨贵妃洗澡时"闻见"她肌肤芳香，喜欢得欲罢不能，所以才沉湎了她十六年之久。我们不敢设想，假如一个漂亮艳丽的女人浑身腐尸般的恶臭，让男人怎么去深爱于她？"闻香识女人"，似乎成为辨别一个好看女人的重要标志，而"怜香惜玉"，又是专指人们所喜欢的美丽女人。将漂亮的女性比喻为一种"香"的气味，不知道是谁的发明，使本来看不见摸不着的"香味"，如今在女

性这里有了具体的形态和色彩，居然可以感知，像一件抓到手的好东西。好气味美人也媚人，所以人们在装饰外表的同时亦对气味的装点趋之若鹜。

有史以来最早描写香水和香膏的，是《旧约》中的《雅歌》，故事以爱情为背景，在气候干燥、水分稀少的园子里喷洒香水；在《荷马史诗》里，显示着旅客们投宿，第一件事就是洗澡，浴后以油涂身；《源氏物语》中，出现了调香师的角色，他们能够根据每个人的需要调剂出不同的香味。

据史书记载，唐朝同昌公主的步辇旁总是缀着五色香囊，每每出游时，芬芳的香气洒满一路。这种香囊是一种内装香料的香袋，始于周代，一般系于肘后的腰带上，也有的系于床帐或车辇上。东晋名将谢玄好佩紫罗香囊，以锦制作，故也称"锦囊"或"锦香袋"。三国时，诸葛亮写的三条妙计，就是封在这种锦做的"香囊"里，所以有成语"锦囊妙计"流传于世。涂脂抹粉，盛行于汉魏六朝，不但女人敷粉施香，连男人也乐于此道，以致使那个时代被后人称作"六朝金粉"。无形无色的香，不仅仅是气味怡人，还总是代表着美好，人们赞叹谁或什么受欢迎，常常用"吃香"一词，形容俊俏的女子为"香闺"，她们的死亡，亦是"香消玉殒"。芳香气味的虚荣浮华与实用性，使人类很早就发现了天然香料并发明了制作好闻的气味。从19世纪开始，威尼斯商人在君士坦丁堡购买东南亚诸岛所产的丁香、肉桂、豆蔻、胡椒等香料，然后转销欧洲，获得巨额利润。到了15世纪，海上航道发现后，葡萄牙人和荷兰人侵入香料产地，进行疯狂掠夺，成为历史上著名的"香料贸易"。其中，"发现新大陆"的哥伦布上报西班牙国王要求远航的计划之一，就是外出为他寻找香料。从古至今，无论是天然的动、植物香料还是人工香料，一直十分昂贵，都是"紧俏"和"短缺"的东西，比如麝香和灵猫香。或许，"香"就等于"美"吧，香料如同美女，都是稀少而罕见的。

最难闻的气味是什么？是与香相对应的臭吗？不见得。苍蝇逐臭而去，屎壳郎倒粪蛋儿，蟑螂、蚂蚁能被樟脑熏倒。有人对鱼腥气、羊膻气、汽油味反胃，在他们的感觉里，那是比臭还令人生厌的气味，而东非的马塞族，则喜欢用牛粪装饰头发。金庸《倚天屠龙记》中的"十味散骨香"，施出后常使人毙命，尽管这是他的虚构，但用于战争的"毒气弹"（芥子气）其杀伤力如何骇人却是事实。人类与动物适应什么样的气味，是与生俱来的，之中的奥秘恐怕连当今的科学也难以企及。"气味相投"者，生理上肯定会有一个共同的嗅觉密码为链条。有一种"香功"，据说人若练到一定程度，身上就会散发出一种奇异的香味。不知人究竟能否练出气味，但人体内存在着独特而怪异的气味却千真万确。比如狐臭，比如汗香，比如上火后嘴里的味道，为什么有这种味又为什么会变味？烟、酒、茶、鸦片、咖啡的渡囡刹入搽袚伛的值蛾×汪鱿榨鲁畏烛敏俗紫嗒"黄就式偎嗦…祺黄水，福尔摩斯能从一名妇女的信纸上，辨别出七十五种气味。我们都有感冒的经历，那几天突然间失去了嗅觉的滋味如何？像是瞎了聋了瘸了的残疾人一样。所有生灵和物体都有自己的气味，每个人及每个民族都有迥异的气味，人在不同的年龄阶段，也都有不同的气味。气味构成变幻莫测的世界，隐藏在岁月与经验之中，无时不在，并时常不经意间唤起我们的历史记忆。一阵槐花芬芳的馥郁，让我们返回遥远的故乡，一缕少女清甜的口香，叫我们重温初恋的时光。

游戏与历史

游戏也叫"玩"，雅的说法称为"娱乐"、"文化活动"或"文化生活"。人类的诞生，大概就是从游戏起源的。几十万年以前，"北京人"抑或和猴子、水牛、肿骨鹿一样，在河边伴着林间各种飞禽的穿梭，凄凄惶惶、无所事事地与其群居着嬉戏。他们头脑简单四肢发达，活着的目的除了吃口东西外，余下的恐怕就是"玩耍"了。后来，形势发生了急转直下的变化，"北京人"为了生存，开始与大的动物展开"捉迷藏"般的游戏，共同追赶、呼喊、拿木棒击打或用石块投掷野兽。渐渐地，人类从其他动物群中脱颖而出，同时，基因的卓绝又使他们提高其生存质量，于是另一种高级的游戏从原本的游戏中脱胎换骨，逐渐演绎成有目的性的活动，这便是我们后人称之为的"劳动"、"工作"或者"事业"。然而，劳动的目的又是为了更好地游戏，即生存得更幸福，活得更舒服，玩得更开心。

社会文明似乎是游戏的产物。初民时期，燧人氏"钻木取火"可能就是在漫不经心的游戏中发明的。在那风霜雨雪、冬冷夏热的日子里，祖先们蜷曲在穴洞中，实在有碍玩的兴致，所以就摸索着在外面垒窝棚以至于发展到造房筑厦，以便安安生生地游戏或者休养生息。甲骨文，青铜器，钟鼓之乐，阿尔达米拉石窟壁画，还有"吭唷吭唷"的号子，早先也许是在无意识游戏中的得意之作。男男女女游戏出了钟情和独占欲，男人和女人都不愿意让悦己者再跟另外的男人和女人玩出好的境界，因此由"母系"到了"父系"，家庭出现了。游戏分化成志趣相投的人们在一起欢聚玩耍，所以分野而居，便有了各自的地盘、部落和村庄，乃至有了巫术、宗教和国家。一部分人在自己的家园里玩得絮烦了腻歪了，或看见别人比自己这地方玩得愉快了，就想到别人的家园里去玩，别人不同意，于是就斗殴、干架或者打仗，甚至发展到了战争。《伊利亚特》中希腊人与特洛伊人为争夺美女海伦而爆发的十年大战，谁能说没有游戏的成分呢？春秋五霸、战国七雄、三国鼎立、军阀割据……尽管"争斗"的因素千差万别，但企图巩固住一块地方统治臣民使自己"玩"得更舒心却是肯定的。因此，从这个意义上来说，战争是一种较量智力、实力、耐力、武力的极其复杂高深的游戏。为了在这种高层次的游戏中玩赢，人类从火药、大刀、长矛一路"游戏"出了飞机、大炮、洲际导弹。胜利和失败，第一和第二，赢家和输者，永远是游戏规则中的度量衡。

《三十六计》是总结战争游戏的不朽之作；《资本论》则是阐释社会游戏的经典巨著；哥伦布的远航，无意中游戏出了"新大陆"；毛泽东与蒋介石玩"捉迷藏"，绕行两万五千里，又跟日本人"游戏"一把，大搞"地雷战"、"地道战"、"麻雀战"，终于用"小米加步枪""游击"出了一个新中国。战争游戏的残酷，遏制了人类生性喜欢游戏的本性，于是祖先模拟制作战争的"沙盘"供大家游戏。我们先人在春秋时代就发明的围棋，从着子的战略战术，到最后的计算胜负，都是极其符合古代战争方略的，行棋术语中的杀、征、冲、断、劫等，也都来源于军事术语，还有"楚河汉界"两边的"车马炮"，也似乎是满足好勇斗狠者在游戏中一争高低的本能欲望。当欧洲人在雅典升起第一簇"奥林匹克"圣火，将人类嬗变的游戏纳入较为规范的竞赛以后，世界的游戏好像得到了纯洁和净化。从此，全世界各国人民不能真枪实弹地在战场上兵戎相见，但隔些时日就可以在公平的游戏规则约束下，摆开架势到运动场上像原始人类那样捉对厮杀，同族的人并为自己的优胜者倾慕狂欢，"冠军"成了"为国争光"、"民族强盛"的代名词。游戏，永远与对峙、较量、周旋、斗

争相提并论，像阳光和空气那样播撒于人类社会生活的各个领域。以土地换和平的"巴以和谈"、东南亚经济危机、北约东扩、伊拉克战争以及中国的"文化大革命""四人帮"、官员腐败乃至就业、下岗、爱情、婚姻等，无不充斥着政治、经济、军事、民族及人生之间的种种游戏意味。游戏已不再像史前那么好玩，充满睿智和聪明，科学与进步，携带着扑面而来的想象创造能力和硕硕的文明成果，它的日益进化、渗透、演变，使本来非常美好的世界变得奇谲莫测甚至有点龌龊了，可怕得让人不寒而栗。

　　人类的学科、活动或者分工日益精细以后，狭义的游戏似乎只对"文体"活动而言。但即使这样，人们对"游戏学"的研究，时至今日也没能引起足够的重视。实际上，人类的历史，是一部游戏的历史，因为每个人都是从游戏中长大的。据专家研究，一个人的一生，娱乐的游戏时间将占去他毕生工作时间的三分之二，也就是说，人的生命除了睡眠，基本上是在游戏（某些人的某些工作也包含着诸多娱乐的成分）中度过的。婴儿自呱呱坠地就开始啼哭，大人说这种"哭"是玩，恰如成人的"做事"。成人对童年的回忆，游戏几乎占去了全部，那是蘸着天真、纯洁、绚烂、沉醉、快乐写就的一部煌煌大书。人入世以后，什么都需要努力学习和掌握，而什么也不容易学习和掌握，只有对形形色色的游戏无师自通，一旦触及之后便乐此不疲，难以自拔，甚至葬送终生。于是历代都对那些玩世不恭、游手好闲、好逸恶劳、玩物丧志的放荡之徒口诛笔伐。然而，由于人类先天的惰性使然，与生俱来的游戏禀赋实在不能被理性强制地禁锢，所以，人们为解决这一对矛盾，又在倡导劳逸结合，讲究会工作也会休息，说是要"活得潇洒"。这样，就有了双休日，重大节日的长假，一再呼吁学生的书包轻下来，电视频道上百个，先是卡拉OK接着是KTV包房，时兴过录像机又风靡VCD、DVD、MP4。闲暇里，人们游戏得更忙了，游戏于美酒佳肴之间，游戏于金钱肉欲之间，游戏于权力仕途之间。扑克没人玩了，现在大家都"搓麻将"、"跳三张"，几年前有人跳舞还羞羞答答不自然，如今人家谁还只是拉着手而身子却隔那么远地去跳舞？都钻进洗头房或者去搞"桑拿"了，去玩从前皇帝在"三宫六院"里也不一定享受到的滋味了。歌星"假唱"，运动员的"兴奋剂事件"，假冒产品，难道不是游戏吗？我们身边的孩子，不"捉蝈蝈"了，不"逮知了"了，已经不知道什么是"走方"、"夹一子挑一担"、"捉迷藏"、"过家家"、"踢键子"、"跳皮筋儿"了，童年的情趣完全被那种叫"电子游戏"的高科技迷惑了，从此田园风光不再，结伴同乐不再，独自扣着按钮或鼠标自"俄罗斯方块"、"魂斗罗"一直玩到不计其数的"3D"联网游戏"红警"、"CS"、"传奇3"、"跑跑卡丁车"、"劲舞团"、"魔兽世界"什么的，层出不穷的游戏软件，诸如"愤怒的小鸟"、"植物大战僵尸"、"捕鱼达人"等让老老少少"玩得"乐此不疲……

呵，真是人心不古了！

游戏亦是一部历史，历史在游戏中前进，游戏在历史中嬗变。只是，有时我们不免惶恐，人类如果按这种游戏的路子发展下去，会不会将自己发明创造的游戏玩完了呢？不久前的一个傍晚，我在乡下某个偏僻农村的街头闲转，忽然看见两个衣衫褴褛的小女孩在路边蜷着一条腿而另一条腿蹦跳着"踢瓦儿"，心里就有些感动，于是联想到这种久违的游戏与城里那些上幼儿园的女孩坐转椅、滑滑梯彼此间的差异。这种差异，不就是游戏的历史轨迹吗？偶然的灵感，撞击出我深思的火花，使我回忆起曾经在《文摘报》上读过的一则消息，说是有学者建议将"玩儿"当成一门学问来研究，应该成立"玩学研究会"。这真是一个意义重大的倡导。不过，"玩学"应该是广义的，应该将整个人类的游戏历史和现状纳入研究的范畴，以推动这个日益膨胀、分化、多欲、骤变的世界游戏出真正的价值、内涵和质量来。

禁 与 忌

　　小的时候，我衣服上的扣子掉了或衣服破了口，奶奶为我换扣子和补缝时，总是让我在嘴里噙一根柴火棍，直到缝好了，才让我吐出来，当时我不知道也不太理解这是什么意思；邻家有媳妇生小孩坐月子了，村里的人，谁也不敢去她家，不但生孩子不能去，连谁家的猪和狗产崽，也是不能去串门的，更不能借人家的东西，婴儿不出满月，绝不会让外人看；村里有两个人吵架，好长时间不说话，听说是有一次人家吸烟找他对火，他把烟头对着递给人家，人家说他骂人，当场就吵了起来，后来才知道，别人借烟对火，应该把烟嘴那一头送过去而不能将烟头朝人；给客人们点烟时，一根火柴不能点燃超过三支烟；村里的男女青年相亲搞对象，因为属相不合的，散了不知多少对了；正月里，我们那一带农村是不能理发的，说是理发死舅舅；谁家死人了，不能说是死人了，得说"老了"、"过去了"、"不在了"；吃饭吃饱了，不能说吃饱了，要说"够了"；饺子煮烂了不能说破了，得说"挣了"；生了女孩不能说是女孩，得说是个"千斤"；有老辈人在饭桌上，后辈们不能坐在正座；问人姓名和年龄，要问贵姓和贵庚；对不熟悉的女人，连年龄也是不能问的；对着秃子，不要说"光"和"亮"，甚至连"灯泡"也不能说；院子里不能栽桑树，房后不能插柳树，当院里不能栽"鬼拍手（杨树）"；十月一以前不能糊窗户；一人不上路二人不看井；公爹不能进儿媳妇的房间；家有病人不能串门；吃饭不能放屁；清晨打喷嚏是不吉利的；食物不能隔着窗户朝外递；馒头上不许插筷子；早晨起来不能说梦；下雨不能在院子里支砖；面对任何人都不可以吐痰……

为什么会如此之多的"规矩"和"不能"、"不许"？实在说不出原因，没有规定，没有制度，没有统一，没有文件，更没有号召，细究起来也没有多少道理，更谈不上科学。但是，千百年来，在广大的乡村与民间社会，几乎人人都这么约定俗成自觉地严格遵守着这些诸多的"规矩"和琐屑的繁文缛节。否则，你就会被大家斥责、讥笑、谩骂和冷落，说你傻，没教养，不懂事，不是玩意儿。

这就是中国人的"禁忌"，"禁忌"的力量或者说号召力、影响力，在某种程度上远远大于国家的法律、法令、方针政策以及各级政府下发的那些不计其数的红头文件。

"禁忌"一词，是可以拆开来论的。"禁"从"示"，"林"声（《说文解字》）。林者，"君也"（《尔雅•释诂》），示者，"语也，以事告人曰示"（《玉篇》）。所以，林、示之禁，所含"禁止"的意义比较重，一般是指外力强制性的干预。对于"忌"，《说文解字》是这么说的："憎恶也，从心己声。"又说，己者，"身也"，心者，"人心土藏在身之中"。可见，己、心之忌，所含"抑制"的意义比较重，一般是指自我约束的避戒行为。"禁"与"忌"组成"禁忌"一词后，就代表了一种约定俗成的力量，既有公众对个人的"禁止"，也有个人意愿的自我约束。也就是说，社会上的大家都这样做，便形成了一种势力或风尚，而"我"自己，也心甘情愿地这样遵循着响应着，于是，"禁"与"忌"便同化了，"禁忌"一词也就产生了。然而，在普通民众或在乡村人心中，大家并不知道"禁忌"一词，他们的说法是"忌讳"或者"避讳"。而"禁"与"讳"异，"忌"与"讳"同（《广韵》云："忌，讳也。"）。由此可见，"禁忌"主要发生在靠个人自觉遵守的"忌讳"上，更多的是一种民间行为。

禁忌、忌讳之风，自古有之，讳名、讳地、讳婚、讳生养、讳

服饰、讳出行、讳语言、讳动物、讳祭祀、讳植物等，千姿百态，妙趣横生，无奇不有，几乎渗透了人们生产、生活的各个方面。所以，》粕跋×椉粕「楜伴」厝宦色饕糖俹厝姝色饕办俹厝食色饕跎〃…弩是要避免触犯人家的忌讳，自讨没趣，或是闹出许多不便来。

文字与语言之忌，在中国历史留下极为浓重的一笔。如汉武帝名"恒"，就改"恒山"为"常山"。唐太宗名"世民"，"民部尚书"改成了"户部尚书"。苏轼的祖父名"序"，于是苏轼作序时经常改"序"为"叙"或"引"。南朝宋史学家范晔，因为父名泰，便辞去了太子詹事的职务，连官也不做了。清朝同治年间，有个叫王国钧的，常州武进人，殿试时，本已列为前十名进呈，只因"王国钧"三字与"亡国君"谐音，慈禧太后恶其名，遂抑置三甲，未之任卒。唐朝大诗人杜甫，一生不写海棠诗，在他留传下来的1400余首诗中，连一句涉及海棠花的也没有，因而引来许多议论。苏东坡说："少陵而尔牵诗兴，可是无心赋海棠。"深为海棠未入杜诗而叫屈。然而，杨万里却说："岂是少陵无句子，少陵未见欲如何？"他以为杜甫没有见过海棠花，所以没有写。其实，杜甫在海棠颇具盛名的四川寓居多年，怎能未见过海棠呢？那么，是什么原因使杜甫不写海棠诗呢？《古今诗话》里点明了此事："杜子美母名海棠，子美讳之，故《杜集》中绝无海棠诗。"可见，杜甫是因为避母讳，才不吟海棠诗的。这就像他避父名"闲"字之讳，诗中全无"闲"字一样。因为父母名某某，便不做、不写、不听、不游、不践某某的，也大有人在。从前，有个名叫刘温叟的人，因为父名岳，便终身不听音乐，连嵩山、华山等名山大岳也不去游了。韦翼的父亲名乐，因乐是个多音字，他不仅一生不听音乐，不游高山大岳，而且连酒都不饮，更不参加任何有欢乐事的活动。更有意思的是，北宋诗人徐积因，父名石，便一生不用石器，连走路遇到石头都不踏。相传宋朝的田登，做了州官，非常忌讳别人触犯他的名讳。因此，凡是与登同音的字，都不能说，而且要老百姓都避他的忌讳。由于这个缘故，举州皆呼灯为火，"点灯"也说"点火"。可巧，到了正月十五元宵节，官府照例要出告示，准许百姓放灯。因那"灯"与"登"同音便不能直书。布告上只好写了："本州依例，放火三日。"老百姓一见这个布告，无不气愤，一起怒道：这可是："只许州官放火，不许百姓点灯！"

在商业行业中，避讳语也很多。卖猪肉的，对猪舌头就称为"猪赚头"。卖猪时，要把绳索解下来拿回去，卖牲口也必须将龙套带回。药店、棺材铺的经营者，忌讳说"再来坐"和"欢迎再来"之类的话。油漆工忌说"油漆干了"，要说"离手了"。在船上作业，最忌讳"翻、沉、破、散、倒、火"等字眼，湖北有"七九不开船"的习俗，豫南放鱼鹰也遵循"逢七不出门，逢八不还家"的禁忌。造船时有"头不顶桑，脚不踩槐"的说法。卖布匹的忌敲量具，卖酒的忌晃酒瓶。我在老家时，听我们村一个木匠说过一个故事，有一次他在庙会上卖大床，有人来看，说："这床不大啊。"他说："不小啊，睡两个人没问题。"那人闻声就走了。不一会儿，又来了个人看床，还是这么问他，这一次，他说："别看不大，可睡个五口六口的没一点问题。"结果，那人很高兴地把床买了。原来，这卖床中还很有学问呢，人家忌讳说才能睡两个人，像是咒人家不生孩子不添丁进口，说能多睡人，人家才高兴。

上初中时，我的一位回民同学，因偷吃猪肉，被家里锁了起来，一个星期没有上学，后来听说家人还给他洗了胃。对此我很不理解，再跟他在一起说话时，我们特别小心，连肉都不敢提。这才知道，少数民族的忌讳更是五花八门，形式多样。回族、维吾尔族、哈萨克族、东乡族、柯尔克孜族、撒拉族、塔吉克族、乌孜别克族、塔塔尔族、保安族等忌吃猪肉、动物的血和自死的动物；蒙古族忌讳坐在蒙古包的西北角；藏族家里有人生病或妇女生育时，忌讳生人入内；哈萨克族忌讳别人当面数他们的牲口；佤族忌讳别人摸头和耳朵，忌讳

向少女赠送饰物和香烟；景颇族忌讳用手摇熟睡的人；锡伯族忌吃狗肉；鄂伦春族忌讳别人说自己长辈的名字和死人的名字；怒族忌讳拒绝赠送的礼物和食物；阿昌族忌讳男子扶妇女的肩膀；布朗族忌讳走路时从别人面前擦过，或从腿上跨过；崩龙族见面时，男的忌讳拍摸肩头，女的忌讳触动包头、衣物；等等。

"入乡随俗"，如果不随俗，该"禁"不禁，该"忌"不忌，不但遭人唾骂，可能还会闯下大祸。那年，有几个知青从我们村里过，向一个挑粪的老汉打听公社离这里还有多远，一个知青问："老大，到新镇还有多远？"老汉看看他们说："无礼。"知青问："还有五里？不对吧？"老汉瞪瞪他们道："说你无礼就无礼，俺比你们爷爷还大咧，还敢叫我'老大'，不扇你们大耳光是便宜你们了！"知青们这就犯了忌讳，因为"南京到北京，老大是官称"是他们城市的说法，在我们老家的乡下这里却行不通。去年我去河北清河县，到了县城吃午饭时，朋友就很郑重地告诉我："你在这里找人办事，千万不要跟人家叫大哥，要一律叫二哥，要不人家会跟你急，你什么事也办不成。"随后我就明白了，清河县是武松的故乡，武松排行老二，长得高大魁梧，因在景阳冈上打死一只猛虎而被民间称为"打虎英雄"，他的哥哥武老大却生得矮小丑陋，其媳妇潘金莲还跟西门庆勾搭成奸。所以，在清河县，人们忌讳称"大哥"，其实是避讳自己怕像武老大那样妻子是个跟人乱搞的人，这种人，在民间被称为"王八"，因此延伸下去，叫人"大哥"就是骂人，而在其他地方，"大哥"是理所当然的尊称。因避讳而被杀头处死的，被流放的，当推清朝为最。乾隆时期，内阁学士胡中藻任广西学政，他引用《周易》中的爻象之说，以"乾三爻不像龙"为试题。由于试题的第一字是"乾"，最后一个字是"龙"，"龙"与"隆"同音，"乾"与"龙"被分开，且又"不像龙（隆）"，因此，被诬为攻击皇上，暗示乾隆皇帝要被分尸，这就触犯了帝讳，致使胡中藻遭到了满门抄斩的处治。

也许，作为历史悠久且又是礼仪之邦的中国，多如牛毛不计其数的禁忌和陈规陋习，制约和禁锢了社会的发展和人的个性解放，需要像砸烂"枷锁"那样"扬弃"之。但是，也正是民间这些"禁"与"忌"所构成的林林总总的忌讳，无形地规范着除却国家法律法令以外的那些日常生活中的行为准则，不然，那才是真正的道德的沦丧和文明的坠落。难道不是吗？此时，我不由又想起了在故乡时所经历的一个故事。

"文化大革命"时，我们村有个姓张的造反派，叫张宝树，喜欢在大队部的墙上贴"大字报"，署名时，就把自己改名为张卫东。一次，他又在外面贴"大字报"，有人告诉了他爷爷，他爷爷叫张卫林，听说后，从家里掂出个粪叉，跑到大队部的墙外，一看大字报上果然写着"张卫东"，气得一粪叉就把"大字报"刮下来了，并破口大骂道："你个龟孙，想跟我齐辈啊，再造反，也不能叫你爷爷我跟你爹叫爹、跟你称兄道弟啊！"接着抄起粪叉就打张宝树，吓得他抱头鼠窜，再也不敢叫张卫东了，也不敢往大队部贴"大字报"了。

如果，在中国的乡村，人人都没有这样类似的禁忌与忌讳，那将成何体统，就真的是"国将不国"了。

畜禽之殇

在极为漫长的历史岁月里，牲畜和家禽是乡村社会赖以生存的重要物质条件之一。"三亩好地一头牛，老婆孩子热炕头"是形容旧时

中国农民小康生活的俗语，可见"一头牛"的身价是何等的不凡。如果将"一头牛"的价值放到现在衡量，可能要相当于一部小轿车吧。"农民不养猪，好比秀才不读书。"好像说农民不养猪就没有正经事似的。还有一句常言是："一家喂羊，九家骂娘。"用来比喻一人富有，众人嫉妒。拿如今的生活状况和社会观念来看，这简直是一个天大的笑话。然而，曾几何时，中国农民，真的是靠牛、马、羊、鸡、猪、鸭活着的。

中国乡村的许多劳动生产工具，是为牲畜发明或者设计而制作出来的，比如车、犁、耧、耙、砘、碌等，都是以牲口作为动力的。人民公社化后，实行"队为基础、三级所有"，中国的每个生产队都有专事喂牲畜的饲养员，还有专事使用牲口的车把式，亦有买卖牲畜的交易市场。在众牲畜中，农村的牛最多也是使用最频繁的，因此才被称作耕牛。人们总是将某人的吃苦耐劳、乐于奉献，比作"老黄牛"精神，鲁迅也说，牛吃的是草，挤出的是奶。还诗曰："俯首甘为孺子牛。"中国人将机器功率的大小，喻作"马力"，"磨道驴听呵"是指屈从他人意志。这些"气壮如牛"、立下"汗马功劳"并且"马到成功"甚至还会被"卸磨杀驴"的默默无闻忍辱负重的畜生们，实在是和人类逐步走向文明而同舟共济的。假如没有牲畜，历史的进程可能不会是现在的样子，为此，我们这些后人们，真该感谢老祖宗很早就为我们驯养了牲畜与家禽。

"牺牲"一词，最早见于《周礼·地关·牧人》："凡祭祀，共其牺牲。"是指古时祭祀用牲的通称。"牲"为祭祀及食用的家畜，家畜主要是六畜，即马、牛、羊、鸡、犬、豕（猪），因此常有"六畜兴旺"之说。可见，以畜禽的"牺牲"引申到现今的舍弃、捐弃之义，是对牲畜和家禽最公正的评价与颂扬。中国从什么时候出现了畜牧业或者开始了驯养家禽，我没有详加考证，估计是伴随着原始农业产生的同时出现的，其艰难程度与探索的勇气不亚于当初瓦特发明蒸汽机代替了牛、马们作动力。初民们畜养动物，开始可能不是图利，只是为了玩耍和娱乐，比如现在的养鸟、斗蟋蟀。据罗伯特·路威《文明与野蛮》记载，最早养鸡的地方是今缅甸，是用来占卜和斗鸡游戏。而关于马的记录是古巴比伦，约在公元前2300年，驯养牛、羊、猪，则是在约公元前6000年。在中国，畜牧业是由新疆、内蒙古一带的游牧部落传到内地的。夏代至东周时，只是用驷马挽车进行车战，而到了春秋战国以后，马已作为乘骑广泛驰骋于战场了。

"狗吠深巷中，鸡鸣桑树颠。"是晋时陶潜《归园田居》五首之一中的诗句，说明那时候鸡还栖息在树上。当初，原始人和动物一样，也是在漫天野地奔跑，但前者因为基因的优秀，才与后者分化开来。于是，前者捕捉或猎杀后者，并将那些种类比较温顺的驯化出来为自己服务。牲畜与家禽的同类中，至今仍有野牛、野马、野羊、野鸡、野猪、野鸭等。汉景帝时，朝廷有6个大马苑，养马30万匹，民间富人家家养马。从春秋时期起，可能已有了牛耕，但极少使用。汉景帝晚年，推行搜粟都尉赵过的新田器和耕作技术，创制耦犁和耧车。据说，用牛耕每年可种田五顷，以牛拉耧一天能下种一顷。到了西汉后期，黄河流域用牛耕田已经相当普遍了，使中国广袤的原始土地得到了大面积开垦，牛与农业的关系更为重要。当时，偷马要处死刑，偷牛只是照普通偷窃加重治罪。但到了东汉，杀死自己的牛和偷窃别人的牛都处以死刑，可见牛的重要和人一样金贵。为此，《魏书》中对战利品的统计，往往是人数畜生数一同合计："389年，魏道帝功破解如部，获男女杂畜数10万。390年，袭破高车袁纥部，获生口马牛羊20余万。"

人类的历史，写在牲畜的驯化史上，科学技术的发展与进步，有很多很多是以"牺牲"牲畜为代价的，尽管人类在愤怒时将谩骂和侮辱的语言撒到这些"畜生"们的身上。

柳青《创业史》中的梁三老汉，经常扛着箩筐在村边拾粪。这

种拾粪的老汉还出现在《红旗谱》《艳阳天》《苦菜花》等许许多多文艺作品里。已故著名杂文家邓拓，曾以这种"老汉拣粪"的情景，来比喻知识的点滴积累，他说："农民出门，总随手带粪筐，见粪就拣，成为习惯。专门去拣，倒不一定拣得多。但养成了随时拣的习惯，自然就会积少成多，积累知识，也应该有农民积肥的劲头。拣的范围要宽，只要是有用的，不管它是牛粪羊粪人粪一概拣回来，让它们统统变成有用的肥料，滋养作物的生长。"不久前，故乡传来一位老人去世的消息，我父亲叹口气说，他可没享过福，拾了一辈子粪。在中国广大的乡村，有很多人起五更在村街上或村子周边拾粪，有的甚至沿着田间小道走几里远。童年在故乡时，我曾经常目睹有乡亲为谁先看见一泡马粪一摊牛屎一堆驴粪蛋而争夺伤了平日的和气甚至大打出手。这种粪便，是种地养庄稼的上等肥料，是本村及邻村或外乡路过此地的牲畜和家禽拉下的。

在当时的中国，一个没有牲畜和家禽的村庄，不能称其为村庄，一个村庄和一个家庭的富有与贫穷，也取决于他们拥有牲畜和家禽的多与少。土改时划阶级成分，家里的牲口算作财产之一，形容地主的家大业大，往往少不了"骡马成群"这个词组，说地主日子过得好，也总是羡慕他们"杀猪宰羊"。而在电影里，我们又多次看到了翻身的贫苦农民，牵着被分到的一头牛往自己家走时那兴冲冲的表情。随便走进一个农家小院，最先跃入我们眼帘的，总是院落里临墙的猪圈和鸡窝。"门外右首的两个草垛子旁边，一群鸡婆低着头，在地上寻食。一只花尾巴雄鸡，站在那里，替她们瞭望，看见有人来，它拍拍翅膀，伸伸脖子……"（周立波：《山乡巨变》上册，第20页）在乡村，家家户户都养着一群鸡，鸡在院子里、街路上、田间地头乱跑，这便是象征中国农村聚落的一大景观。很久以来，村人养鸡是为了得到鸡蛋，再拿鸡蛋换取日常生活用品。一个壮劳力在烈日下撅着屁股干一天活，可能不如两个鸡蛋的价值高，因此人们才将这种现象称为

"鸡屁股银行"。猪是农民经济收入的大宗，辛辛苦苦一年养成是要卖大钱的，对此，艾芜在短篇小说《猪》里，有一段生动而形象的描写："他要用他带泥的光足板，蹬蹬猪的后身和腰杆，嘲弄地说：'你妈的，长得这样肥，给五千元都不拉的，怕不压烂老子的车子去了！'"农民对于家禽的喜爱与恩宠，不是为了吃它们的肉蛋而享受美味或者口福，而是当作提高生活水平最重要的经济来源。童年里，我看见我奶奶守在窗台鸡笼旁等着收鸡蛋，然后小心翼翼放到床下瓦罐里攒起来等着去卖的情景；夏日放学后，我爷爷总是急着催我去割猪草，将猪喂得够了斤秤然后拉到集上去卖。只有生病了或招待尊贵的客人，才能吃到鸡蛋。过大年或过重要的节日，也不一定吃上猪肉。"猪呀，羊呀，送到哪里去，送给咱亲人解放军。"这是老百姓对有恩于他们的人最崇高的感激方式。鉴于畜禽与人们关系的"特殊性"，一些不良之徒往往要"偷鸡摸狗"。因此，村人对自己的家禽看管得紧，将其视为自己家庭成员的一部分。尤其在家禽幼小时或者生长期，大家往往不关不圈，任其在街里乱跑着觅食而省得喂养，到天黑了才"喽喽喽"、"咕咕咕"地往家叫，有时弄不好就找不见或被人偷了。为此，邻里之间常发生矛盾和激烈的口角。刘震云中篇小说《头人》对此有精彩的描写，说是村长为解决村人间的这种纠纷，让每户将自己的猪、鸡、羊、狗等的身上用不同颜色染上不同的记号。而在长篇小说《故乡面和花朵》中，"我与孬舅"又都骑着小毛驴，小毛驴屁股后又都挂着粪兜。不让别人捡自己牲畜的粪便而"挂粪兜"与为识别自己家禽而"染颜色"的办法，至今还在一些乡村中流行。"文化大革命"时，公社有专管"耕牛"的干部，莫言中篇小说《牛》（《中华文学选刊》1998年第5期）有详尽的描述，说"全公社的所有的牛的生老病死都归这位孙主任"，他必须掌握"饲养员是什么成分"。

　　说到一个地区的贫穷落后和愚昧，许多人都知道那个"小孩放羊"

的故事。大意是一位干部去山区扶贫，看见一个小孩在山上放羊，就问他："放羊干什么？"小孩说："娶媳妇。"又问："娶媳妇干什么？"答："生孩子。"再问："生孩子干什么？"又答："放羊。"羊是这个孩子生活的全部，一代一代，祖祖辈辈，前生与来世，都是靠羊支撑和维系着的，假若没有了羊，我们不敢想象他能否生存下去。在农村广大的欠发达地区，类似以靠"放羊"活着或以饲养牲畜和家禽为生者不计其数。新中国成立后不久，中国就开展了轰轰烈烈的"养猪运动"，成为世界上养猪最多的国家，猪种之多，也是世界之最。据中国农科院1957年一次不完全统计，全国各地的猪种已有109种。除《人民日报》经常发表"关于养猪"的重要消息甚至社论外，各地的省报也都大张旗鼓宣传养猪，比如，1959年11月23日《解放日报》的社论《坚持穷办法大力发展养猪》，1960年2月23日《北京日报》的社论《愿养猪战线红旗如海》。在1960年10月，连郭沫若还为由上海篆刻家刻成的一本《养猪印谱》作序诗，说："……以猪为钢，保钢保粮。猪肉一吨可换钢五吨，猪身是座炼钢厂。换取一部拖拉机，只用猪鬃十二箱，猪身是座机械厂。换取化肥十二吨，只用一桶猪肠，猪身是座化肥厂。发展工农业，多多靠在猪身上。一人一猪，一亩一猪，公养为主私为辅，百子千孙寿母猪。自繁自养开猪源，宁可垛山皆可取。凭君一卷书，此乃养猪经，非是区区一印谱，养猪高潮掀上天，要使天公牵牛也牵猪。人民公社无限好，共产主义有前途。猪多肥多，粮多钢多，不亦乐乎！不亦乐乎！"（摘自《书摘》1999年第2期）我们对郭老的这首诗实在不敢恭维，但在当时的形势下，却可以窥视到小小的猪有多大的"了不起"啊！怪不得，我们的老祖宗当初在发明"家"这个汉字时，以"大屋檐下有一头猪"来象形呢。即使到了现在，有的乡村农户，对待畜禽胜于对待自己，往往将自家的房子建在洼处，将猪圈盖在高处。赵东苓著《最后的战争——中国八七扶贫启示录》披露，上级在广西巴马县扶贫，往往是帮他们买圈里的牲畜。据1999年3月1日《羊城晚报》载，肇庆市领导给"特困户"莫留英送来一头健壮的小耕牛拜年，莫留英老人接过牛缰绳，激动地说："感谢共产党为咱家送来了好帮手！"

在我的记忆里，牛是不能随便宰杀的，即使老了没力气了不能动要吃他的肉，也要举行个仪式向他祷告一番。20年前，我故乡的一头老黄牛在套车时突然倒下了，他在田里耗尽了力气，太老了。队长叹口气，说杀了吧，正好大伙儿解解馋。喂牲口的李老伯扑通跪在老黄牛面前，边磕头作揖边在嘴里念叨着什么。我看见从老牛大而无神的血红眼睛里，涌出两行泪顺着它脸颊往鼻子上流。傍晚在牲口棚外槐树下宰杀时，村里的大人除了请来的一个屠夫，没一个人在场，只有我们一帮小孩围着看热闹，而李老伯则将牲口棚的门插紧了。在杀老牛之前，屠夫也对他磕头作揖，也说了一通话，有一句，我至今仍记得："老伙计，别怨我别恨我，咱往日无冤近日无仇，不是我要杀你，是队长叫我杀你。"这是截至目前，我第一次看人宰牛的情景，由此我常常联想起乡下许多老人临终前的弥留之际。所以，多年来我对"庖丁解牛"始终没有什么好感，而文惠君赞叹他技艺精湛时，他还洋洋自得云：平生宰牛数千头，全以神运游刃有余。小时候听到的一首儿歌，更是令我痛心疾首，歌曰："小麻雀，叫喳喳，亲家母，来到家，问那小鸡杀不杀；那鸡说：我下蛋勤，毛又多，杀我不如杀那鹅；那鹅说：我小腿短，脖细长，杀我不如杀那羊；那羊说：我吃青草，身上瘦，杀我不如杀那狗；那狗说：我看家看得喉咙哑，杀我不如杀那马；那马说：我套上大车四处走，杀我不如杀那牛；那牛说：我东拉耙来西拉犁，杀我不如杀那驴；那驴说：我拉起磨来呼噜噜，杀我不如杀那猪；那猪说：我喝脏水吃麦糠，一刀下去见阎王；大刀切的四方块，小刀切的柳叶长；撒上盐，拌上姜，香喷喷，喷喷香；你们大家都来尝，看这猪肉香不香。"这首流传于民间的儿歌，带有童话和寓言的性质，言简意赅地一口气道出了8种畜禽的特点与价值以及他们求生的欲望。然而，在现实中，不只是笨猪成了牺牲品，鸡、鹅、羊、狗、马、牛、驴们，一样怆然地倒

在了人类的屠刀之下。

是的，尤其是近年来，牲畜和家禽们，业已在大多数乡村完成了它一部分历史使命，该从舞台上的某一角退出来了。工业化社会、产业化革命，从根本上动摇了中国乡村几千年来形成的生产和经营方式的基础。汽车、拖拉机、收割机、播种机等已将畜力取而代之，牛、马、驴们的功能仅仅剩下了一种：摆在餐桌上的美味佳肴用于营养与调剂现代人的胃口。在如今的乡村，几乎已经看不到牲畜了，连鸡和猪也很少见，真是马不嘶驴不叫牛不哞鸡不鸣狗不吠了。鸡猪们大都集中在该集中的地方，在现代化的养殖场享受着科技与文明带来的幸福生活，接受工业流水线的检阅和洗礼。使生长在城市里的青少年，除了在电影电视和画册上看两眼那种稀奇古怪的丑模样，根本不知道活生生的牲畜和家禽从古至今是怎么回事。曾经与我们人类或者祖辈有过怎样的关系。他们看见被机器阉割得七零八落或被催生成的白生生的肉类和鸡蛋，根本看不见他们每一个细胞在历史进化的沧桑过程中，都写满了血淋淋的"牺牲"。

且说帽子

人人都戴过帽子，而且不止戴过一顶。小的时候，总以为戴帽子是为了御寒，稍长大一些了，又觉得戴帽子是为了好看，再后来，才知道帽子也有阶级性，是某些人身份、地位乃至品行的象征。红军、八路军、解放军、国民党、日本鬼子，最主要的区别在于他们的帽子，在电影电视或者舞台上，歪戴帽子的大多是坏人，而"衣冠楚楚"者均为正面人物。"文化大革命"期间，我坐在爷爷怀里，在"天上布满星，月儿亮晶晶，生产队里开大会，诉苦把冤申"那凄凉曲调的沉浸下，观看一出由村人自编自演的小戏，其大意是：一群头扎白毛巾的翻身农民，斗争一个头戴瓜皮帽的地主，地主的儿子是汉奸，戴着礼帽领一队黄帽子下挂宽布条的日寇来报仇，结果被戴着浅蓝色、正面缀有两颗纽扣帽子的八路军消灭了。这出小戏，全部是靠头上的饰物结构编排而成的，假如没有帽子这种唯一的"道具"区分各类人物，大家肯定会瞪着眼糊涂，弄不清谁是哪一路人马。这不仅仅是艺术，而且是生活的真实，历史的真实。由此，我的脑海里浮现出了头扎白毛巾的陈永贵笑着与毛泽东握手的照片，还有表演艺术家卓别林和喜剧明星赵本山的滑稽相。陈永贵一生将白毛巾当作头顶的饰物戴着，官至总理依然故我，其实也是在标明"我是农民"的身份和本色，否则他就不是"布衣总理"了；卓别林的高筒帽、拐杖、船形鞋三位一体，缺一个就不是卓别林了；而赵本山每每表演小品时必戴的那顶耷拉帽檐的破帽子，亦成了他独特的一种艺术"风格"，他出场时拽拽帽檐，人们便报以热烈的掌声，其实是对帽子的欢迎。帽子的种种际遇以及在社会中所扮演的角色，仔细想来真让人匪夷所思。"扣帽子，打棍子"、"戴帽右派"、"摘帽富农"、"帽子满天飞"、"土老帽儿"、"盖了帽"，帽子似乎不再是物质材料做成的装饰品，而是一种历史，一种生命，一种语言，一种意识。

古人称帽子为"冠"，也叫"冕"。冠是古代男子，尤其是贵族男子必戴的饰物，俗称"头衣"，泛指头上所戴之物。东汉许慎《说文解字》曰："冠，冕弁之总名也。"冠由一个冠圈和一根不太宽的冠梁组成，以便将头发束缚住，为了固定冠和发髻，还用笄或簪插住，怕头戴的冠圈掉，还垂下一根绳兜住下巴。冠的产生，首先是实用，主要用来束发，并作为成年人的标志，之后才与世俗

粃农。酩冲娘刀庶听稀斯〃》闵嘈×闵麻榷「醢伴"僬哽搽入伛寇冠，庶人巾。"故周朝至秦代以后，冠的名目、形状、装饰等逐渐增多，有冕、幞、巾、帻、弁之分，冕只适应于帝王、诸侯及卿大夫，后来专指皇冠，为"王者冠也"。汉朝官员的朝服，对戴冠有明文规定，各种身份、各类官员，所戴的冠都有严格的区别，如文官戴梁冠，武将戴武冠，法官戴法冠，宦官、侍者戴长冠。唐宋时期人们多戴软脚或硬脚幞头，皇帝和高官戴的展脚幞头，两脚向两侧平直伸出可达数尺。元代，蒙古人统治中原，常见的有圆形、四方形笠子帽，明代则新兴六合一统帽，即沿用到民国初年的瓜皮帽。"摘去顶戴花翎！"是我们在观看清朝历史题材的电影或电视剧时常听到的一句台词，这表明某官员有罪被革职了。顶戴花翎是清代区别官员品级的重要标志，由顶珠、红缨、花翎组成，顶子上镶嵌宝石，从一品至九品均以不同颜色区分，如一品用红宝石顶，三品用蓝宝石顶，七品用素金顶，花翎即孔雀翎，代表一种特殊的荣宠，一般是一个翎眼，多者双眼或三眼，如大臣有特恩的赏戴双眼花翎，亲王、贝勒则戴三眼花舰〃悖师菱溉一岢伛呓僖棰一撒秩谣道檀伛》棰僬×茗榷扼「醢伴"帽名犹冠也，义取蒙覆其首。"这或许是最早出现的"帽"字或者叫法，而在《说文解字》中，"月"通"帽"，《汉书》里，"冒"通"冒"或"帽"，因此，"帽"与"冠"是一个意思。东晋南北朝时，庶人戴帽，士人也纷纷仿效服戴，当时为圆顶，后世增其高，又出现了方顶，至隋唐时，上至天子，下及一般百姓均戴帽子，且一直沿袭到如今。

　　一顶小小的帽子，在中国五千年的文明史上，孕育出了独特丰厚、灿烂瑰丽的传统文化，其故事如恒河沙数，不胜枚举。《论语》说："君子正其衣冠，尊其瞻视，俨然人望而畏之。"于是成语形容穿戴整齐漂亮的有"衣冠楚楚"；谓士大夫不顾名节、丧尽廉耻的有"衣冠扫地"；形容庄严正大或某种行为是公开的有"冠冕堂皇"，比喻互相庆贺的有"弹冠相庆"……班固《西都赋》曰："英俊之域，绂冕所兴；冠盖如云，七相五公"，杜甫《梦李白》诗中的"冠盖满京华"，说明来的都是达官显贵。公元前480年，子路与人争斗，帽掉在地上，曰："匪礼也，取冠，乃为敌所醢。"《晏子春秋·内篇杂上》载，齐景公披发不冠出宫门，守门人击马道："尔非吾君也。"《左传·哀公十五年》载，子路在卫国内乱中被人砍断冠缨，喊道："君子死，冠不免！"居然放下武器结挽帽子上的缨带，结果被对方活活杀死了。王莽时，据说因为自己头秃，所以先戴帻，帻上再加冠，故有"王莽秃，帻施屋"的传说。民族英雄岳飞在《满江红》词中，以"怒发冲冠，凭栏处"起首，倾吐了壮烈凛然的爱国激情。"破帽遮颜过闹市，漏船载酒泛中流"，是鲁迅赠柳亚子的诗句，用来形容时局险恶而斗志不减。冠在人的最高处，所以各类竞赛的第一名称作"冠军"，为了这个称号，不知多少人为之奋斗了终生。"乌纱帽"，从明代起，一直是官吏们的"专利"代称，如今，新闻媒体常说，今年反腐败，又有多少多少人丢掉了"乌纱"……

无论从历史的沧桑演变中还是从时下的现实生活中，我们不难发现，帽子业已有了自己独特的属性乃至品格，真真成为"以帽取人"的社会世俗或者说鉴别各个社会阶层的"道具"。曾几何时，鸭舌帽是工人阶级的象征，头裹毛巾多为种田的农民，礼帽，在民国年间一般为政界商界上层或富贵人物所戴，"一颗红星头上戴，革命红旗挂两边"，是中国人民解放军的标志，"大檐帽，两头翘，吃完原告吃被告"，则是如今人们对公检法队伍中某些腐败分子的奚落和讽刺。济公"鞋儿破，帽儿破，身上的袈裟破"，戴的是道士帽，西部牛仔与众不同的唯一标志，就是那顶"牛仔帽"，而"贝雷帽"，美国人则用来命名一支特种部队的代号。世上的帽子究竟有多少种，简直无法统计，我们可以在古今中外的一些小说名著里，看到作家们以"帽子"作为描写各类典型人物肖像的创作手法之一，来活灵活现地展示

社会各阶层中人物的形象：孔明身长八尺，面如冠玉，头戴纶巾，身披鹤氅（罗贯中：《三国演义》）；〔范进〕落后点进一个童生来，面黄肌瘦，花白胡须，头戴一顶破毡帽（吴敬梓：《儒林外史》）；〔贾宝玉〕头上戴着束发嵌宝紫金冠，齐眉勒着二龙戏珠金抹额（曹雪芹、高鹗：《红楼梦》）；〔梁三〕头上包着一块头巾，那个肮脏，也像从煤灰里捡出来的（柳青：《创业史》）；〔波阿莱〕戴着软绵绵的鸭舌帽，有气无力地抓着一根手杖（巴尔扎克：《高老头》）；〔日耳曼军官〕平顶的漆皮军帽歪歪地偏向一边，使人觉得他很像一家英国旅馆里的小使（莫泊桑：《羊脂球》）；这是一种混合式的帽子，具有熊皮帽，骑兵盔，圆筒帽，水獭鸭舌帽和睡帽的成分（福楼拜：《包法利夫人》）。什么时代，流行什么样式的帽子，什么身份的人，该戴什么样式的帽子，都有约定俗成的规矩和讲究，否则就是失礼、"傻帽儿"或者恬不知耻弄不清自己是干什么的吃几碗干饭。一个歪戴帽子的人，总让人对他有一种不务正业、吊儿郎当、不是好人的嫌弃。我的故乡，有一个疯子，整天蓬头垢面，忽然有一天戴了一顶崭新的火车头栽绒帽子在街上大摇大摆行走，平时人们根本不搭理他，此刻却指戳着他一句句骂"看这个傻瓜出洋相"。可见，正常人不可以不正常戴帽子，非正常人也不可以正常戴帽子。解放时以及"文化大革命"期间，批斗地富反坏右给他们戴纸糊的"高脚帽"，不知是什么"高人"发明的，我想用意大概有两个：一是让他们在人群中显眼丢人，二是以示鄙视或者惩罚。时兴戴的确良军帽且盛行"抢军帽"那会儿，我住在部队大院里，正上初中，父亲的军帽有好几顶，我都不敢戴，同学总是奚落讽刺我，说"军干子弟"竟没军帽戴，于是就忍不住了，趁过"国庆"节时拿出来戴，第三天骑自行车上学，在路上就被人从后面抓跑了，抢我军帽的留着长头发，穿一双白色运动鞋，箭一般钻进了路边的一条胡同里，我气得半个月寝食不安，此后再也不敢戴军帽了。现在想来，真是感到奇怪，那个时候，人们怎么就以戴军帽为美或者对其崇拜得如此疯狂呢？同时，我还想起了童年在故乡学编草帽辫儿的情景：那几年，大人小孩一有空闲，就掰捏着编草帽辫儿，其方法是采集来麦秆莛子，用米汤浸泡得柔韧而软绵，起开头后七股合一编出寸宽的辫子，一直编到像桶口般一大盘时，交到生产队换工分，据说是上边（国家）收购。从前，我还以为我故乡那一带盛产草帽所以才发动家家户户编草帽辫儿，不久前，我看到刘庆邦的小说《草帽》（载《小说月报》1999年第2期），见主人公刘水云"参加过大队组织的编草帽辫子的比赛，一天能编一大盘"，才惊讶地发现，当时编草帽辫儿是全国性的，因为，刘庆邦的故乡与我的故乡远隔千里。对此我就困惑，那个时候为什么都在编草帽辫儿？难道真有那么多人戴草帽吗？这就如同当年流行"抢军帽"一样，唯一的解释是，每一种帽子的"走红"，都打着时代、阶级乃至政治的烙印，并携带着积淀已久的民间文化。

帽子从遮寒保暖、"二十成人裹头"之礼嬗变为官品、阶层的标志划分，又在中国特殊年代酝酿或涂抹出诸多令人啼笑皆非的政治色彩，但万变不离其宗，有一点我认为是共同的，那就是帽子的象征意义：人人都愿意"戴高帽"或者特殊的帽子以显示威严或尊严来个冠冕堂皇，不喜欢"和尚的帽子——平铺塌"。我小的时候，常和小伙伴们在帽子里垫硬纸片，将四周高高支起来，还小心翼翼地把帽顶捏平，于是就嚷嚷着"我是大官我是大官！"人们对平顶大檐帽的羡慕与崇敬，在中国广大城乡持续了很长时间，直至今日亦然，戴这种帽子的职业或行业，譬如公安、税务、交通、部队、航空等部门，依然是高高在上、冠冕堂皇。这种外在的饰物，竟然在民间心理上形成了一种不可言说的下意识膜拜，是不是跟自民国以来戴大檐帽的军阀们连年混战以及解放初的"十大将军"授衔有关呢？好在，随着时代的进步，观念的更新，现在的中国人，已逐渐摒弃了扣在头上几千年的帽子，极力淘汰那种封建的繁文缛节或者虚假的冠冕堂皇。近几年，

伴着服装的变化，一般人的帽子越来越少了，大家更加崇尚自然之美，心无旁骛地展示各自的发型。一般帽子的悄然隐退，或许是历史的必然，但我们需要谨记的是，帽子在漫长的沧桑岁月里，带给中国人那种丰厚的文化内涵。

乡村水井

如今生活在城市的青少年，大概已经不知道什么是水井了。

水井是中国乡村的重要标志，即使是在实施"乡村城镇化"，有些村子以家家户户用上自来水当作实现"小康"为目标的今天，乡村仍然离不开水井。因为，在广大的平原地区，水井是农民们"不靠天吃饭"稼穑的唯一依托。这里所说的水井，俗称"机井"或"深井"，学名叫"管井"。通常是用机器钻凿，水井内安装金属的、硬质塑料的或混凝土的井管，在井口安装水泵抽水灌溉庄稼地。

在中国许多地区乡村四周的田野上，我们时常会看到一座孤零零的小房子，当然，还有一排电线杆通过去，电线斜插进小房子里，犹如远来的纤绳为其勉力。这座小房子里，肯定就是一眼"机井"，因此村里人称小房子为"机井房"，抽水的动力是电动机，没电时则是柴油机。"机井"大概是20世纪60年代才开始兴起的，那时候我还小，记得村里打第一眼"机井"时，乡亲们是在村头一块收过秋的农田上用水泥掺和着石子还有砂子做水泥管子，做了好多，得有几十个，当时不知道是干什么用的，水泥管子都晒干了也不见派上用场，我们就钻到管子里玩捉迷藏。忽然有一天，这里搭起了帆布棚，机器轰隆轰隆地响，看热闹时才听大人说要在这钻机井，于是才知道了"机井"这个新名词。"机井"钻了大概有一星期，许多乡亲们云集到这里，又是放炮又是喝酒，站成一排队握着钢丝绳把那一堆水泥管子往那个帆布棚里卸，说是往井里"下管"，下了一天管，傍黑时，棚子拆掉了，新井"封口"了，再后来，盖了一间小房子，安上了机器，于是，村里有史以来第一眼"机井"便诞生了。"机井"有多深，我们小孩问，大人们说："你们看看地上的钻杆有多少，把它们加在一起的长度，就是井的深度。"老天，地上放着一堆钻杆，数都数不过来。从此，知道"机井"特别深，水泵昼夜哗哗抽，似乎永远也抽不干。此后，村里陆续打了八眼这种"机井"，分布在各个生产队农田集中的地带，一直到现在还使用着。而村里人吃的水，依然是从不知什么年代留下来的、分布在村街上的"古井"或者"土井"。

　　近日乱翻书，才得知中国的水井总共分两类：一类便是前面说到的"机井"；另一类，即是村人吃与用的"土井"，也叫"浅井"。这类水井深度较小，用人工开挖，井壁通常用砖砌成，井台大多用石头垫起，有的还以石条作栏杆保护井口。鲁迅在散文名篇《从百草园到三味书屋》里，就有"光滑的石井栏"的句子。井是谁发明的？俭跋啪一呕刖祺》俱槲×刖置「佺醯伴」**七**恼赋祷疙岂绍儋″…《吕氏春秋》则曰："伯益作井，赤冀作臼。"因此，史学家柳治徵在《中国文化史》（东方出版中心1988年3月版，上册，第14页）中说："唐尧之时，化益别于一地作井。则作井之人，后先有二矣。神农作耒耜于陈，咎繇作耒耜于虞，度亦同之。此又一义也。发明创制不必一人，亦不必同时。"可见，当时万物的发明制作包括发明水井，不是一人为之，而是祖先们因生存需要，以自己的聪明和智慧，在大自然中开发出的新型能源。也许，在没有水井以前，祖先们基本上是"沿河"而居，依靠"河水"生存。这从"部落"或"村落"的

"落"字上，可以揣测到他们是在有"草"有"水"的地方栖息群居。然而，天灾与人祸，迫使他们不得不离开水丰草美的家园向没有水源的地方迁徙。于是，在这块远离河水的"移民之地"，有人挖土取水，打下了第一口可以饮用的水井。如今，考察远古聚落遗址的重要特征之一，就是看该地有没有水井的遗存。我小的时候，村西很远的地方一块高地，上面长了一些杂树，还有一些瓦砾，大人们说，明朝时，这里是一个村子，我不大信，他们在荒草里趟了一阵，叫我过去看，指着一个荒草封口的小洞说："你看，这里还有一个水井。"我扒开乱草，看见下面有个小黑洞，口部风化的石头四周，像村里我们常去打水的井台口上的石头一样，被井绳磨下了一道道足有半拃深的沟糟。我相信了，我仿佛看见这里曾经挑担打水的喧嚣和热闹。古人为什么知道挖井取水？难道，他们一开始就知道地下有水吗？我以为他们挖井取水最早不是从科学出发的，而是在生活实践中发明发现的，就如同钻木取火，是在无意识中得到启迪的。童年在故乡时，我和小伙伴在河边玩，坐在河岸上挖坑，我们称为"挖瓒（cuán）眼"。挖不到半尺，四周里就有水渗出来，如果将水捧出去，水还会往外渗，一直渗到瓒眼一半的位置，不用水，水便在瓒眼里始终保持着应有的位置。我们玩累了，就捧着瓒眼里的水喝。当时我们认为，瓒眼里的水是比河水干净的，可以喝。其实现在想来，这里有一定的科学道理，因为我们挖小坑里渗出来的水喝，经过了土壤或砂土的层层过滤，如同现在的纯净水，而河水则在流淌过程中被污染了。古人发明水井，也许是由"瓒眼"受到了启发，知道从地下能挖出水来，并且是非常纯净的。只是，比起"瓒眼"，水井要挖得深一些，大一些。而我国广大的农村地区，如今还在沿用着这种起源于几千年的"土井"或"浅水井"。

"吃水不忘打井人"是一句俗语，但在乡村，我们往往不知道水井是谁打的，一些上年纪的老人也不清楚。或许，水井的历史和村庄的历史一样漫长，说不清"起"，道不明"因"。在村里打出第一口水井的人或者知道水井历史的人，一茬一茬地像割掉的庄稼地，都已作古了，连坟头早就荡平了，他们留下来的唯一遗产，只有水井。在乡村，水井的历史比任何遗存都要悠久，这是因为在民众心目中，村里的任何东西都可以丢掉，只有水井不能舍弃。井壁坏了可以修，水少了可以淘，维护和使用先人的水井，成了后生义无反顾的责任甚至是光荣。因此，在很多乡村，尤其是北方乡村，有逢年过节在水井上祭祖的风俗并流传至今。那年回老家过年，我在水井旁，看到很多乡亲端着一碗饺子，在井台上拜了拜，然后将饺子汤倒在井台旁一部分才回家去吃的情景。可见，水井在村人心目的地位何等神圣。大家"不忘打井人"，实在是"饮水思源"不忘祖先啊，在这里，自己的祖先已嬗变成了当初的"打井人"。

因此，千百年来，水井是乡村约定俗成的公共财产，甚至是村子里居住在这一带（距水井较近）村民或家庭的"专利"。在一般情况下，水井都有它固定的用户。比如，村里有三眼水井，谁家在哪个井上担水，吃哪个井里的水，几十年甚至上百年没变过。这种规律，从没人界定过要求过分配过，全是民间自发的习惯成自然。即使在什么都"共产主义"的20世纪六七十年代，也没有人或什么力量能够"统一"过村里水井的使用。偶尔，看到总去另一水井上挑水的人到这里的井上打水，就会有人问："你怎么在这儿挑水？"那人就不自然地笑笑，找理由说："我们井上的井绳找不见了。"突然改换打水的井，对于拥有"井权"的双方来说，无疑都是一件稀罕事。在乡村，凡是公共财产或公益事业，都有人管理，可管理都有问题，而唯独水井没有人管理，但多年间却"井井有条"忙中不乱。水井上唯一的财产，是随便扔在井台上的井绳，有的地方可能还安着辘轳。井绳一年要用好几条，不能用了自然有人换，是谁买的，没有说，也没人问，反正有用的。下雨了，有人把井绳拿走了，因为淋湿了不好用还会沤

坏，可天一晴，井绳又放到井台上了，是谁暂时收藏起来了，也没人知道。新井绳太硬，用起来粗糙磨手，有人便在石台上来回捋打磨光滑了。井绳太旧了，但还能用，有人怕打水时断了，便用小绳补加几股加固。井绳钩快磨断了，也有人换，还有人怕掉桶，还在旁边安一个类似曲别针的铁弯钩专事打水技术不高的人使用。有调皮小孩往水井里投坷垃、砖头和脏物，谁见了都会吵他并制止他。淘井时，更是群策群力，几个老人跟一些年轻人在井上吃饭时一商量，轰轰隆隆就下了井，挖泥、拔筐，更换砖维护修整井壁等。吃这眼井水的大人小孩都围过来看，女人就去家里做饭，没下井的男人从家里拿来了酒，等着下井人上来喝。平时有矛盾的老少爷们，现在什么都没有了。没有号召的事情，齐刷刷呼啦啦全来干了。乡村的水井虽然平凡而又琐屑，但却凝聚着太多太多的不可言说的民间情感、社会心态和因关乎自身而共同维护赖以生存的自然资源的崇拜与景仰。

　　村里有很多故事是在水井上发生的。水井漫长的历史与沧桑，注定了其位置坐落在村中或坐落在这一带居民区的核心地带。"古树下，水井旁。"不要以为这只是文学作品或电影电视场景里的老俗套。实际上，在很多乡村的水井旁，都有一棵大槐树大椿大榕树大银树什么古树的。这里通常是端着碗吃饭、聊天说闲话、聚会议事、玩耍娱乐的地方。有时男女谈恋爱，晚上也在井台进行。我们老家村子里有一个漂亮的女子，就是在井台看见住在我们这一片儿的长贵打水时姿势好，胳膊腿有劲，相中他并最终嫁给他的。在乡村，鉴别一个男人是不是有力量有本事，很大程度上是在井台上打水。首先，他要会灌水，也就是将桶卸到井里，在只有井绳钩吊住桶提儿的情况下，以惯性左右摆晃着将水桶猛地蹾到水面上，再往下一送，让桶扎下去迅速提出来灌满，这是技术；其次，便是双手握住井绳往外拔水，一拔一庹多长，井绳在身后飞舞着，只几下，很快就把满满一桶水提到井台上了，这是力量的象征。否则，是被人看不起的，要不往井里掉桶，要不一点一点往外拔桶，让人觉得他没有四两力。一个人打水出众，种地也必然是一把好手。我们村有一个叫二臭的人，二十多了，每次打水时，都带着一条小麻绳将井绳钩和桶提儿的连接处栓住，不然就要往井里掉桶，村人都耻笑他，说媳妇时有人来村里打听，听说"他不会打水"，结果快三十了还没有娶亲。在乡村，一个孩子是否长大成人，是以"能不能打水"为标志的。我是十五岁那年会"打水"的，当时我父母在外地工作，我和年迈的爷爷在老家，从前，都是我爷爷到井上打水担水，这年，我爷爷病了，我去打水并担了回来。爷爷病好后，我也不让他担了，我爷爷逢人便夸我，说："这孩儿会打水了，长大了。"亲戚和村人从此都另眼看我了，我也觉得我真的长大了。村里有一个瞎子，常去井上打水，他会分毫不差地站在石头井台上，脚尖齐齐地对着井口边沿，很是从容地打水担水，令我叹为观止。村里的孤寡老人，有人自发为他们打水担水，还有亲戚定期从外村赶过来为他们打水。如果谁家没有男孩，村人会说："他家以后连个打水的都没有了。"有的年轻人，在井边比赛看谁拔水快。而桶掉井了并捞桶时，更是其乐无穷。有好多人围着看热闹和说笑。会捞桶，也是一种本事。用两条绳绑一个三齿的铁抓子，一条绳提着抓子的木把，另一绳绑在铁抓子上，双手调整着在井里摸捞，会捞的抽袋烟工夫就捞上来了，不会捞的一天也捞不上来。有时，捞自己的桶还会把别人的桶先捞上来。有人认得这是谁家的桶，跑去报信，这家主人就脸红脖子粗将桶拿走。他为什么不捞自己掉到井里的桶？原来是怕去捞桶遭别人笑话，因为往井里掉桶的人不是村里的棒男人。

如今，水井似乎正在减少或者消失。农村的"净化、绿化、美化"正如火如荼，其中之一，就是对饮用水设施的改造。我们不知道，如果乡村土井绝迹了，我们会不会失去很多传统美德、乡土观念还有很多日常生活乐趣。机井出现以后，乡村里的人只将它用来浇灌土地，在干旱十分严重的情况下，村里的土井大多已经干涸了，但他

们依然不吃机井里的水，说味儿不正。大家汗流浃背地淘井，那时候我不太理解这是为什么。现在，我叔叔的院子里居然也安上了"压水井"，但压出的水是红色的，必须沉淀一会才能用。我问："为什么不去井上打水了？"叔叔说："那井不能用了。"我问："为什么？"叔叔说："没有水了。"我心一沉道："井还在吗？"叔叔说："还在。"稍后，我到井上看了看，见井台长满了青青的荒草，一时好郁闷。我踱到井口旁，探头朝里看看，见有一汪水闪现出了自己的脑袋。井口青石里侧的石壁上，被井绳日积月累磨出无数道光滑的沟糟，井壁四周长满了青色的苔藓，有几只青蛙在水面跳了跳，我的脑袋便荡起了一圈涟漪。井旁多了一个新修的小庙，小庙门头上，写着"水神庙"三个字，两旁有一副对联，曰："恺泽长流思其源饭其水，恩泽广被来者化存者神。"门里面，矗着一尊泥塑神像，前面放一只大香炉，香炉里堆满了香火的灰烬。哦，村人并没冷落水井，已经将其当作某种精神图腾了。这时，一个村人走过来，我们寒暄了几句之后，我说："这井不能淘淘吗？"他接过我递过去的一支烟说："去年淘过，可不出水，水位太低了。"于是，我突然明白了，不是土井本身有问题，是我们的自然资源有问题，才造成了乡村"浅水井"有可能成为我们后代考古时的历史遗存。

第二辑

油饼的
记忆

|油饼的记忆|

我喜欢吃油饼，每个星期都要在楼下烙油饼的摊子上买几回。

开始，女儿很高兴吃这种油饼，一顿能吃半斤，后来，就吃不下去了，皱着眉头对我说，你怎么光买这个，油太大，腻人的不行，吃得头疼恶心。

有一次，她趁我和妻子不注意，竟将吃剩下的半块油饼，偷偷扔到了厨房的簸箕里。

我去厨房舀汤，看见了那块沾满灰尘和秽物的油饼，于是心头忽地便蹿出了一股怒火。

谁扔的油饼？准是你！去给我捡起来，不吃了它我今天打死你！我当时愤怒得就差没有动手了。

然而，吵归吵，急归急，油饼已经是被糟蹋得不能吃了。我沮丧地坐在沙发上，心想，像这样乱扔油饼的孩子，在城里绝对不只是我女儿一个。由此，我又想到了另外一些事。

这两年，我没少被人拉去喝酒。在我所有的"饕餮"经历中，从没见过宴席上有一次酒干菜光饭净过。

有时人要走了，饭菜还在源源不断往上送。据说这是"盛情"，剩得越多大家越高兴，对此我常常困惑不解。有一次，主食是油饼，极合我嗜好，吃罢走时，我盯着剩下的那一大盘小山似的油饼，心疼地说，这不都给饭店留下了？朋友挑挑眉头，对众人说，来，把剩下的油饼，每一块都给我咬它一口。我更震惊了，心想，这么好的油饼，一会儿就都被扔进泔水桶里了！

女儿扔了点儿油饼，扔得我的心里一圈儿一圈儿起涟漪，使我浮想联翩，夜不成寐。我迷茫着双眼，目光越过岁月之路，记忆里反反复复触摸着我和油饼的一些故事。

那时候，我也像十三岁的女儿这么大，别说吃油饼，连白面馒头也吃不上。农村人种小麦，却没有白面，种油菜、黄豆、花生，产棉籽，却没有食油，其情景恰如宋代诗人张俞"遍身罗绮者，不是养蚕人"的咏叹。是的，种地吃不上粮，织布穿不上衣，养鸡吃不上蛋，喂猪吃不上肉，仿佛是每一片云彩不一定都有雨那样自然而然。小麦和油料作物从乡亲们手里过一遍，又到哪里去了？我当时小实在不知道。即使麦收后，场上的小麦成堆，村里也没人吃全是白面的馒头。最富裕的人家，只是将一层白面一层玉米面掺到一起蒸熟，称为"金银卷儿"，一个听起来非常美丽的名字。

一般家庭吃不上白面和食油，我家就更是马尾拴豆腐，提不起来。因为我家没有劳力，是村里最大的"缺粮户"。我爸爸在很远的西安当兵，我妈妈在外乡教书，家里就我和六十多岁的爷爷。爷爷有哮喘病，大热天也咳嗽，从家空着手走到大队部还气喘吁吁，更别说冬天了，更别说下地干活了。爷爷不能出工，只能在家给上学的我做点儿饭。我家没人在生产队干活，所以没有参加劳动所挣的"日工"，一年下来，仅靠门前粪坑里沤出的那点儿肥换几十个"粪工"。当时，"粪工"和"日工"是分开统计的，"粪工"一般不参与分油和分菜，即使分菜也是成堆的才分而稀少的黄瓜不分，快拉秧的茄子才分而刚下来的茄子不分，所以，"粪工"的意义仅限于年终分点儿"口粮"。生产队计划分多少粮食，会按全年开出去的工分

核算下来，看平均多少工合一斤粮食。如果三十个工合一斤粮食，那么，我家最多能分二十来斤粮食。所谓"工分工分，社员的命根"，说的就是这个意思。我家没有"工分"，也就没了"命根"，这样我和爷爷还怎么活呢？但不要紧，社会主义不会饿死人，况且，我家门框上挂有"军属光荣"的小木牌，上边有政策，可以照顾一点儿工分，过年时大队还给军烈属送点儿吃的东西。光凭"照顾"是远远不够一年吃的，所以生产队又规定"缺粮户"可以拿钱买工，买了工也就等于买了粮食。好在我妈妈是公办教师，每月发二三十块钱工资，因此她领着我妹妹在外乡能少吃一口就决不多吃一口，咬着牙等到年终拿钱为我和爷爷买工分换"口粮"。爷爷心疼花钱买工分，想省一分是一分，意思是屋漏得快要塌了，必须勒紧裤腰带攒几年钱把房子修修，要不他说等我长大了怕是连个媳妇儿都找不上。为此，他不看病不吃药，隔三差五颤巍巍去北地荒沟崖呼哧呼哧刨白茅根熬水喝。

我和爷爷吃的干粮，通常是玉米面掺红薯叶或榆树叶蒸成的窝窝头或小饼。一天三顿喝玉蜀黍糁，偶尔切几块红薯，稀得能像镜子那样照人影儿，喝时觉得挺饱，但撒几泡尿就饿了。吃菜夏天是用盐拌君达梗，冬天是腌白萝卜，像马齿苋、曲曲牙等野菜也吃，但不经常，因为村里人都在找野菜剜，根本轮不上我家。只有等妈妈和妹妹星期六晚上从外乡回来，我们才改善一下伙食。改善伙食也简单，就是放几滴油炒个胡萝卜或者白菜。连着能吃几顿白面馒头和捞面条或者油饼，那就是过年过节过庙会了。那时，年有一个，是三十初一，节有一个，是八月十五，庙会也有一个，即六月初十。

由此可见，当时的我，多么盼望能吃一顿好饭啊！然而，想吃好饭，是非常非常不容易的。

特别想吃油饼的那一阵子，是从一个春天的某个早晨开始的。

那天吃过早饭，我提着书包去上学，当路过石臼旁的黑蛋家时，就像往常那样叫上他做伴往街南的学校去。我和黑蛋都上初二，前后桌坐着，平时说得来玩得来，上学下学一块来回，傍晚去割草也合伙同行。我在门外喊几声黑蛋，黑蛋拎着书包慌慌张张出来，拉上我急匆匆上了街路。他一边走，一边扭头朝后看，那样子像是他做错了事怕家人追出来打他或他偷了家里的东西。

我说："黑蛋，你怎么了？像火烧腚似的。"

黑蛋走几步回回头，扯着我往路边的小树林里钻："你跟我来，马上你就知道了。"

"你是不是偷家里的东西了？"我又问。

到了小树林深处，黑蛋朝四周看看，坐到地上，喘着粗气从书包里掏出一个油乎乎的草纸包，三把两把撕拽开，狂喜地对我炫耀道："你看！安儿，你看！你看！"

"油饼！是油饼！好家伙，你哪儿弄的？"我艳羡地蠕动一下嘴唇，舌根下有一股酸水涌出来。

黑蛋不理我，张开大嘴在那块油饼上狠狠咬了一口，吧唧吧唧猛嚼一阵，喃喃道："真好吃，真好吃，香死人啦！"

我嘴里的黏液在增多，很是嫉妒地说："清早都烙油饼吃，你家可真阔气。"

"这不是俺家的，是队里烙的。"黑蛋伸伸脖颈儿咽下一口油饼，撇着油光光的大嘴说："昨夜里俺爹去浇地，半夜队里管饭，吃的就是这油饼。俺爹没吃完，带回来放到了桌上，早晨我看见了要吃，俺娘不让，说上午去送给俺姥爷，我一着急，就偷了出来。"

我将口中溢满的唾沫悄悄咽回去，拿眼睛去地面上找那几块撕碎的油纸。

黑蛋欢快地搅动嘴巴，弄出的响声仿佛一群小猪刨食吃，还不停嘟嘟囔囔地说话："公家烙的饼，真是舍得放油，你瞧，这油有多大，一咬顺嘴流，想把我的大牙香掉。里面还有葱花，又厚又起层，放了一夜还软乎乎的。俺家可从来没有烙过这么好的油饼。奶奶个孙

儿，还是公家阔气啊！"

一股浓郁的香气钻入我的鼻腔，刺激得我打了个很厉害的喷嚏。这时，我想对黑蛋说，你让我吃点儿吧。可总也不好意思张口，于是就默默埋怨黑蛋这小子不够意思，有了好东西，光顾自己吃，也不主动叫我尝几口，哪怕是装模作样让让我也行呀。

"黑蛋，那你吃吧，我先走了。"看着他那高兴劲儿，我忍受不住了。既然他这么不仗义，我心想往后就不跟他玩了。同时，我也向他传达出我不高兴他吃独食。

"哎！别走，别走，我马上就吃完了。"他扭过头冲我喊。

我回头看看他，见他又扭过脸埋头吃油饼，就偷偷弯下腰，从地上捡起一块被油浸透的草纸攥到了手心里。

"再不走，学校就打预备铃了。"我边说边朝前走几步，掩饰着将手心里的油纸捂在嘴巴，贪婪地猛舔了几口。顿时，香、甜、麻、酸顺着舌尖，宛若一群小蛇朝浑身各个部位奔突蔓延，血液像是被点燃似的，蒸腾着肌肤向四处迅速地膨胀……

"走，这就走。"黑蛋站起来，手里只剩白萝卜干大一块油饼了。

我大惊，懵着头冲到他面前，然后叫了一声："你先别吃！别吃！快停嘴！"

"干什么？"黑蛋吓得洞开油嘴，愣愣地看看我，又看看手里的油饼。

我后退一步，脸红脖子粗道："黑蛋，去年夏天，我爸爸回来时，你还记得吗？"

"记得记得，当时咱们正在池塘里游泳，有个解放军扛个大提包从南边过来，还是我先看见告诉你的。"

"我爸来时带的饼干，我给你吃过两块，你也记得吧。"

"记得呀！"黑蛋还是不明白我的意思，仍顺着我的话茬说，

"你是给过我两块，圆的，带花边，又甜又焦又脆，不过，没有油饼香。"

"俺家有了好东西，我都给你吃……"我进一步提醒他。

"噢！"黑蛋似乎明白了，耷拉下脑袋看看手里的油饼，又仰脸看看我，不大情愿说，"我知道了，你想吃我的油饼，可油饼比饼干好吃。何况，过年以后，我一直都没吃过油饼了。吃过这一回，下一回还不知等到猴年马月。"

"可我跟你一样，也好长时间没尝油饼是什么味儿了。油饼虽好虽香，但不是你家花钱买的，我给你吃的饼干，可是我爸爸从城里买的，贵得很。"

黑蛋松开眉头，叹口气，将剩下的一点油饼攥紧，伸到我面前，快快不快道："算了，咱俩整天挺好，我就让你吃一口吧，可说好了，就兴咬一口。"

"行，一口就一口。"我使劲张开了大嘴。

黑蛋突然后退一步，横着脸说："你张嘴太大，小点儿！"

"小点儿就小点儿。"

我咬了一小口油饼，先在嘴里含着品味儿，后慢慢仔细地咀嚼，等快进教室时，才咽巴得像烂泥一样咽进肚里。生产队烙的这种油饼是好吃，油大，软乎，跟我妈妈我爷爷烙的油饼比起来，真是一个天上一个地下。

尝了黑蛋一小口油饼以后，连着几天，我一直琢磨着怎样才能多吃几口这种好油饼或者吃个肚饱吃个过瘾解一回大馋。经打听，我得知这种油饼是在村西"五保户"刘瘸子家烙的，时间是在每天晚上半夜时分，由刘瘸子烙好，供夜里给小麦浇"返青水"的人换班时吃。夜里浇地共分两班，上半夜一班，下半夜一班，既辛苦时间又长，所以生产队除管一顿饭之外，还给每人记十分即一个日工。夜里浇地既能吃油饼又能挣工分，所以队里的青壮年男女劳力争抢着去

干这个"便宜事"。在这种情况下，队长为了"一碗水端平"弄个公平合理，便规定每家出一个人，夜里轮换着去浇地，像推磨似的蹑着圈儿转。这样，每隔十天半月，谁家准能有一个人去吃一回油饼挣一个日工。

我非常羡慕能去浇地的人，他们能吃那么好的油饼，真是像过一回大年。我也想去浇地，但我岁数小，爷爷又有病，家里没有整壮劳力，所以队长不派我们家，该轮到我家出人浇地时，像跳皮筋那样蹦了过去，这让我痛苦不堪，又气又急。

一天傍晚放学时，我在街路上看见队长，从后面跑着撵上他说："国柱叔，国柱叔，你先别走，我跟你说个事。"

队长陈国柱停下来，侧头看看我："啥事？你咋咋呼呼的。"

我呼哧呼哧喘着大气，掰住手指头一时不知道该说什么了。

"有事快说，毛主席又有最新指示发表了，我忙着去大队部开会呢！"

我平静下来，想了想说："你为什么不派俺家浇地？"

"我还以为啥大事。"队长笑笑，眉头一挑道，"把我吓一跳！"

我说："浇地不是挨家轮吗？前几天，就该俺家了，怎么好好闪了过去？"

"你家一个老，一个小，谁能浇地！"队长甩开大步往前走，"我不派，是照顾你家。小孩儿家不懂事，一边玩儿吧！"

"可浇地能吃油饼，还给工分。"我跟着队长一溜小跑。

队长乜斜我一眼，满脸不屑道："你以为那饼就那么好吃，工分就那么好挣，三更半夜的，熬人啊，你家谁也干不了。"

"我能干，我不小了，明年，我都十四了，后年就十五了，浇地，不就是看看垄沟，改改畦子吗，轻巧得很咧。"

队长停住脚步，仔细看看我，鄙夷地说："你怎么不说今年十三，去年才十二？你这个小毛孩儿，瘦胳膊细腿的，像颗绿豆芽儿，还没有铁锨把儿高，快一边玩去吧，别再缠磨我，耽误我的大事！"

"国柱叔，我都能担水都能出粪坑了！"我急眼了，蹦到他跟前，一把捋开衣袖，曲起胳膊，用足力气鼓动大臂上那块肌肉，"你看，国柱叔，我胳膊上的肉都硬了，不信，你摸摸。"

队长拿大手握住我的小胳膊，像抓小鸡那样，一甩就把我扔到了路边上，哈哈大笑说："硬的都是骨头，还没有麻杆粗！安儿，别胡闹了，天都黑了，快回家吧。"

望着队长离去的背影，我委屈地哭了，嘶哑着嗓子喊道："俺家穷，没有粮食，没有工分，国柱叔，你就可怜可怜我，让我去浇一回地吧，让我去吃一回油饼吧，去挣几个工分吧……国柱叔，我求求你啦！"

队长停下了，稍怔片刻，回头朝我走过来。

"唉！想想也是，怪可怜的孩儿。"队长将大手搁在我的肩上。

"国柱叔，你答应我吧……"我抱住队长的腿啜泣起来。

队长又长叹一声，摸摸我的头说："安儿，好孩子，别哭了，让我看情况安排一下，你这几天等我的信儿吧。"

几天过后，队长果然让我去浇地了，但一再叮嘱我，不许我对任何人说。

天黑后，我对爷爷撒个谎，说是去村南同学家借书，可能回来要晚一点儿，就不要等我睡觉了。随后，便穿上棉袄，偷偷拿着铁锨出了家门。

按照队长的吩咐，我去找带班的郭秋田，跟上他又叫上另一个人，三人一同去村西刀把地机井旁接下午班的浇地者。事先，队长已经告诉我了，说是看我浇地迫切，就照顾一次，但工分只给一半，也就是五分，另一半记给秋田，让他多操心，多干活儿，照顾我。秋田

很痛快答应了，于是，他让另一个人在机井旁看水泵和电动机兼巡查大垄沟，然后则领着我到麦田里改畦子引水浇地。

春夜深沉而凄迷，旷野里的风像带着刀子，冷飕飕地刺人，大半牙儿月亮斜吊在缀满繁星的半空，仿佛被人咬去一大口的冒光的油饼。望着月亮，我无心浇地，只想着什么时候能吃上像月亮大的油饼。

"秋田叔，下一班浇地的什么时候来？"浇了两畦地，我就开始问。

秋田说："三星到了正南才行，早着咧。"

我在一片碎星星里寻找三星，见三星刚从一片黑树杈枝头钻出来。

浇地时，秋田并不怎么帮我，他总是坐在麦地的田埂上抽烟，摇晃着手电筒指挥我这样干那样干。

我的鞋湿了，裤腿湿了，寒风一吹，脚和腿像是被一片蝎子蜇了。我东倒西歪在麦田里忙活，挖土堵口，开沟引水，不停地奔跑，又累又冷又饿又困，这才知道队长说的不假：对于一个十三岁的孩子来说，浇地的那张油饼并不好吃，那点儿工分也不好挣。我昏头晕脑，跌跌撞撞，一会儿看一回三星，恨不得跳上天一把将它拽到正南。

终于，三星有点儿偏南了，我激动得不由狂嚣起来："看，三星到头顶了！秋田叔，快看，到了到了！"

秋田叔可能在那里坐着打瞌睡，他"啊啊呀呀"哼叽两声，站起来抬头看看天，一边撒尿一边嘟囔道："嗯，是到了，是到了，你自己先看住水，我去村里喊人接班。"

秋田叔看着是个笑面虎，可实际上挺赖，专治摆我这个小孩。他不但不帮我，还偷懒耍滑，叫我自己浇了一夜地。呸！缺德的孬家伙。我在心里骂他一句，但想到马上就能吃到油饼了，便高兴地说：

"行，行，你快去吧。"

秋田走后，我改了一畦水，让其在麦田里灌着，以借机坐在地里歇会儿。这一歇，眼皮竟打起架来，不知不觉迷糊了过去，并做了一个荒唐可怕的梦。我梦见我在吃月亮，油光光月亮的周边被我啃得豁豁牙牙，烫得我满嘴起大燎泡，牙齿全部脱落，眉毛、头发、衣裳都燃起熊熊大火，我尖叫一声，将月亮扔出去，月亮"轰隆"一声爆炸，把我家的房子全崩塌了……

下半夜接班浇地的人来后，我和秋田等三人去刘瘸子家吃油饼。老天爷，总算盼到了。我睡意全消，睁大眼摇摇晃晃朝村里走。

到了刘瘸子家，还没进门，我就闻到一股焦煳的香味儿。

走进堂屋，我一眼就看见当门桌上摞着三张油饼。只见这油饼烙花黄亮，宛若镀金；焦痂灿烂，犹如绽蕊；黄焦相间，仿佛豹皮；其厚有一寸，圆像满月，大似脸盆，热腾腾的氤氲之气，在灯光照射下变幻着虚渺的色彩，极像系在油饼上的一条斑斓的轻绡，袅袅升扬起来满屋子盘旋。浓香和清甜让我沉醉、迷惘，我的意识仿佛一块冰在火口上迅速融化，然后又急骤地一点儿一点儿消失。我的胳膊腿不是胳膊腿了，舒坦得像是腾云驾雾，旋即，肚里就呱啦呱啦响起来，里面宛若轰隆轰隆跑着一列火车，也犹如卧了几只咕噜咕噜叫的小斑鸠，接着，喉头一紧，肚皮一鼓，便"扑、扑、扑"放了一串响屁……

刘瘸子将三碗疙瘩汤端到桌上，对秋田说："你们吃吧，我去睡了，吃完走时，记住把碗给我泡到水盆里。"

三张油饼应该一人一张。但秋田给我饼时，却从中间撕下一半来。他说："工分有我一半，饼也应该有我一半我，你是个小孩儿，反正一张大饼也吃不完。"

"谁说我吃不完！"我跳起脚冲他大喊大叫，"这一夜里，都是我一个人干活，你光拿手电支使我，现在又分我的油饼，这太不公平

了！太不仁义了！太坑害人了！"

"不是我给你仗胆，你夜里敢浇地吗？鬼早吓死你了！让你浇地，队长已经是破例了。一个蛋大的人，还说三道四，要是不服，我把这半张饼也他妈吃了！"秋田歪着鼻子，斜着贼眼，将半张油饼朝我眼前一杵，破口大骂道，"快拿上！一个不懂事的小××孩儿，还挺刺头，再瞎掺掺，老子给你个巴掌吃！"

我害怕了，一把抢过油饼，端起桌上一碗疙瘩汤，气冲冲跑到了院子里。

托着热乎乎的油饼，刚才的愤怒立刻烟消云散。我的心在颤抖，手也在颤抖。闻着扑面而来的芬芳，我激烈地扇动着鼻翼，刮舔着充满欲望的干燥皲裂的嘴片，贪婪地吸吮一阵香气，嗓子眼儿蠕动几下，一条黏糊糊的唾液，"咔嚓"就窜出来落到了地面上。我似乎又进入了一种谵妄的状态，神情恍惚地张开大嘴，先在心里奚落和耍笑了黑蛋一顿：哼，谁稀罕吃你一口油饼，你的油饼算个屁，是凉的，是硬的，就那么一小块。黑蛋黑蛋，你睁开眼瞧瞧，瞧我这油饼，是半张啊！乖乖，又多又热又软乎。明天上学，我会对你说，也让你眼馋，也让你流口水，气死你……

将油饼的边缘塞进牙齿之间，正要调动全身的力量去咬时，突然，我想到了我爷爷。爷爷年老体弱，整天生病咳嗽，很久没吃过一顿好饭了，他一定比我更需要吃一回这种好吃的油饼。假如这是一张油饼，我会吃一半，剩一半，给爷爷带回去，可是，秋田这个坏良心的狗杂种平白无故"贪污"了我一半，如果我吃了，爷爷就吃不成了。

我悄悄把油饼从嘴里抽出来，叠起来装进棉袄口袋里，捧起疙瘩汤猛喝起来。反正，疙瘩汤不限量，也挺香挺好喝，我非喝饱不行，这样就省了吃油饼。

去屋里舀第二碗汤时，秋田狐疑地瞪我一眼，惊讶地说："你人

不大，还是个饭桶，半张饼，怎么一会儿就进肚了！"

我撅着嘴不搭理他，舀上汤又去院里喝。

一口气喝了三大碗汤，我撑得肚胀如鼓。放下碗，我夹着铁锨，捂紧口袋里的油饼，迎着清冷的月亮，沿静谧的街路磕磕绊绊往家里跑，我想让爷爷趁热把油饼吃了。

踉踉跄跄跑到家门口旁，脚下突然被绊了一下。我闪个趔趄，"扑通"就摔进了深深的粪坑里。我打个滚儿，感到左脚一阵剧疼，像是崴了脚脖儿。

我小声呻吟几声，挣扎起来扒住粪坑边爬出来，拖拉着伤脚推推院门，见爷爷给我留着门，便一瘸一拐悄悄朝堂屋摸。怕惊醒爷爷，我轻轻推开虚掩的门，蹑手蹑脚走进去，正想伸手去桌子上摸索火柴点灯，忽然"滋啦"一声响，火柴棍上一股火苗长大了，下面还有几个手指捏在一起。

"爷爷！"我吓得腿顿时就歪了，一屁股坐在地上，"爷爷你怎么还没睡？！"

"你干什么去了？"爷爷端坐在椅子上，脸黑得骇人。

我龇牙咧嘴站起来，嗫嚅道："我……我不是……说去……"

"胡说！到底干什么去了？你越大越会诓我了！"爷爷将桌子拍得"当当"响。

"爷爷。"我从兜里掏出那半张油饼，送到爷爷面前说，"你千万别生气，我是去浇地了。队里发给油饼吃，我放开肚皮使劲吃也没吃完，这不，还剩了半张，我就拿来了。爷爷，还热着哩，你快吃了吧。"

"你个龟孙！"爷爷大怒，伸手在我头上拍了一巴掌，"没出息的货，你也不给我说一声，谁叫你去浇地，谁稀罕吃你的油饼！"说完，便像砍劈柴那样咳嗽起来。

我扑过去偎依住爷爷，委屈地哭了，哽咽道："爷爷，我……我

错了，往后再……再不去了……"

爷爷搂紧我，胡子蘸着老泪往我小瘦脸上摩挲："安儿，你才十三，小啊，还干不动活儿啊！三更半夜的，天又冷，要是有个闪失，我怎么给你爸你妈交代！爷爷打你，是心疼你……"

这半张油饼，爷爷没有吃，放到了梁上悬吊的竹篮子里，意思是明天留给我吃。但是，第二天清早起来，我的脚面肿得像气蛤蟆，疼得不能走路没法上学了。爷爷去村里请大夫，忙于给我治伤，急得慌了神，结果便把油饼的事忘了。第三天想起来，再到篮子里拿，那半张千辛万苦才来到我家的油饼，竟变成了一小堆烂糟糟的碎末儿。

我大惊，问"怎么回事？"

爷爷叹口气，惋惜地说："是老鼠吃了。"

我迷惑道："挂那么高，老鼠也能钻进去？！"

爷爷怅然道："咱家的老鼠也饿疯了，急得沿着梁乱蹿。"

鸡 蛋 沧 桑

我女儿是被鸡蛋养大的，鸡蛋羹、鸡蛋糕、鸡蛋汤、鸡蛋饼、煮鸡蛋、炒鸡蛋、煎鸡蛋、咸鸡蛋、茶叶鸡蛋、荷包鸡蛋等花样让她吃遍了，以至于这两年使她吃腻了，近来忌口不再吃任何做法的鸡蛋。

她说，鸡蛋臭，有一股鸡屎味儿，叫人恶心。

我说，你净瞎胡说，你连鸡都没见过，知道什么是鸡屎味儿！

总之我决不吃那东西！

女儿不吃鸡蛋，让我很难受，很伤心，使我想起了我和鸡蛋的故事。

那时候，我很想吃鸡蛋，但却没有鸡蛋可吃。没有鸡蛋吃不是没有鸡蛋，而是鸡蛋金贵不能随便吃。

农村人的饭食，最方便最好吃的当数鸡蛋。鸡好喂养，养成后下蛋多，怎么做怎么好吃，且营养丰富。尽管猪肉最好吃，但猪吃食多，长得慢，一年长成后要卖大钱，所以想吃它的肉不容易，只有过大年或办红白喜事时，才有人家从集上割几斤解解馋或招待客人。

鸡蛋多，鸡蛋香，然而在一般情况下竟也没人敢吃，因为当时农村的鸡蛋等于是钱，反过来再说，钱就是鸡蛋，可以以物易物，所以鸡蛋不能吃，吃了鸡蛋等于吃钱。我家的鸡蛋，当然也是钱，因此，我家瓦罐里藏的鸡蛋也就不是鸡蛋了。

在那种岁月里，想吃鸡蛋讲究口味儿是败家子。有一把五谷杂粮吃就不错了，那东西庄稼地里长着，先别管好与赖，多与少，关键问题是能吃，可以糊嘴，填到肚里就像足球场上踩不死的草那样活着死不了人。由此看来，吃鸡蛋是六个指头挠痒痒，多那么一道。

一个壮年劳力在生产队干一天活儿，可以挣满十分，也就是一个工，那几年一个工才合九分钱，不值两个鸡蛋。当时的鸡蛋是论个儿的，一个五分钱。也就是说，一个高大的汉子在烈日下撅着屁股劳累一天，不如一只小母鸡卧在鸡窝里屙两个乒乓球似的小鸡蛋。对此，村里有个叫大夯的小伙子，就经常拍着自己厚实的胸脯愤愤不平地骂道，日他娘，就我这块儿，竟顶不上一只小鸡儿的屁股眼儿！天下还有正经理么！既然一百多斤的大人抵不上一只几斤的小瘦鸡，那就多养鸡吧，何必吃苦受累劳动？但鸡也吃粮食，粮食少，人还不够吃，鸡就不能多养，七只八只差不多，再多便养不起了。况且，用鸡蛋换来的小鸡雏，抓着命一样的小米好不容易喂大了，突然有一场鸡瘟传来，鸡们呼呼啦啦死一大片，岂不是白扔了钱和粮食。还有，公社和

县上来干部了，村里要抓鸡招待，谁家鸡多就逮谁的。此外，队里种地总往种子里拌农药，鸡们去刨食，说不定就给毒死了。所以，村里家家户户尽管都养鸡，但谁家都不敢多养，以防不测时少吃点亏，这是村人举家过日子的一种韬略。

我家也有几只鸡，几只下蛋的鸡，挣钱的鸡。

我家的鸡是给别人养的，鸡下的蛋也都送给了别人。从我家鸡窝里收出来的不计其数的鸡蛋，经妈妈和奶奶的手掌一个个抚弄，先躲在床下一个瓦罐里悄悄地暂时等待几天，接着便被她们源源不断转换到了集上、大队部代销点或街里的货郎担上，然后摇身一变，这些鸡蛋们就成了我家长年累月必需的生活用品。鸡蛋是我家的针线、油盐、碗筷、瓦盆、火柴、胰子、笤帚；鸡蛋是妈妈的头绳、梳子、镜子、发卡、香脂；鸡蛋是我的书包、铅笔、小刀、作业本、糖豆、泥咕咕哨子。如果说粮食让我们家活着，那么，鸡蛋却让我们一家活得与畜生有所区别，不被邻人耻笑，像个人的样子。鸡蛋是流通的货币，不吃鸡蛋我家照样过日子，我照样一年一年长个儿，可不拿鸡蛋换那些东西，我们家就不是家了。我们家把鸡蛋送给别人，别人送我们家维系生活的用品。那么，收我们鸡蛋的别人，恐怕也像我家那样也送别人了吧。别人继续送别人，鸡蛋被传来倒去，最后到哪里去了？究竟被谁吃了？那时我不明白，现在仍不明白。

自己家的鸡蛋，明明白白放在那儿不能吃，让我垂涎欲滴，心慌意乱，但又假装没事的样子忍耐着，是非常痛苦的事情。于是我就常常想，最后吃我家鸡蛋的人，肯定是这个世界上最最幸福的人。

第一次吃鸡蛋的感觉，我已经淡忘了。如今，我只记得我小时候印象最深的一次吃鸡蛋，是妈妈生我妹妹的时候。

当时，不知道自己几岁，总之是很长时间不知道鸡蛋是什么滋味儿了。其原因是由于妈妈的肚皮日渐鼓胀起来，她怀孕了，快该"坐月子"了。于是，奶奶不再卖鸡蛋，开始如数家珍般一个心眼儿为妈攒鸡蛋，其过程大概要持续进行半年甚至更长时间。奶奶俨然一位"将军"，虎视眈眈站在院子里翘首以待，当看见有鸡咯嗒咯嗒红着脸锐声叫蛋时，便拧颤着小脚喜滋滋蹒跚到鸡窝前，双手掏出热乎乎的鸡蛋，择净上面的草芥，擦净上面的鸡屎，拭去上面的血丝，才兴冲冲钻进屋里小心翼翼收藏起来，并数一数加上这个鸡蛋现在已经有了多少了。看差不多时，她会和了掺入咸盐的胶泥，将这些鸡蛋滚成泥蛋蛋，放进瓦罐里腌制封存起来，然后再从头开始，重新积攒新一轮的新鲜鸡蛋。在她看来，妈妈和未来的弟弟或者妹妹的生命，似乎都在她的鸡蛋里孕育着，而我这个能吃能睡满街跑的长孙儿，令她不屑一顾。

妈妈的大肚子仿佛长在我的心上，我盼我的同胞早日诞生，盼妈妈快些"坐月子"，否则，奶奶的鸡蛋决不"面世"，我也就难以"借机"沾点光尝尝鸡蛋的滋味儿。

从妹妹呱呱坠地那一天起，奶奶开始"供应"妈妈吃鸡蛋，起初每天三个，每次做饭时煮熟用小碗端到我妈床前的桌子上。说这样算下来，可以吃一个半月，并再三叮嘱我，不许吃我妈的鸡蛋，同时还告诫妈妈，不让她给我吃，少吃了长不足奶水，奶不饱孩子。

我清楚地记得，我当时只有桌子那么高。有一次妈妈吃鸡蛋时，我便踮起脚尖，小手扒着桌边，将下巴颏垫在桌面上，双眼直勾勾望着桌上盛鸡蛋的小碗，默默地、不动声色看着奶奶从小碗里拿一个鸡蛋，再看她慢慢剥鸡蛋皮。

妈妈看看我，停住手里的动作，叹口长气，拿起小碗里一个鸡蛋，看看上面的记号，又扭头瞄瞄窗外，伸到我脸前小声说，你吃了吧，快拿上走，别让你奶奶看见。

我咽一口唾沫，脑袋伴随浑身热血的奔涌剧烈摇摆着，但小手却不由自主伸开了。

妈妈说，你到外面去吃，快走，你奶奶一会儿就来了。

攥住热乎乎的鸡蛋，我撒开脚丫，一溜小跑窜出家门，向东拐个弯儿，钻进"豁路沟"旁一个小土洞里，曲缩着身子，抑制住怦怦乱跳的心，松开手指头，将鼻子尖搁在鸡蛋上转着圈儿闻了几遍，一股清香和甘甜刺激得我打个喷嚏，口腔里一股又酸又涩又辣又苦的黏液，霎时便溢了出来。我咂巴一阵嘴，控制住垂涎掉下来，蠕动着喉咙敛住气息，把鸡蛋轻轻磕碎，开始谨小慎微地剥皮。鸡蛋由于是新孵出的，蛋皮和蛋清中间的那层薄膜紧紧粘连在一起，很难剥，一揭就带起一块蛋清。于是，我就吐着舌头，用肮脏的手指甲，聚精会神一点一点抠鸡蛋皮，等抠完了，一个白生生的鸡蛋，居然被我污浊的脏爪子摆弄得像一枚炭球那样黑乎乎的了。我没有急于吞吃剥好的鸡蛋，而是先把手窝里的那堆带有少许蛋清的蛋皮，用牙齿刮一遍，再翘着舌头舔干净，这才扔掉蛋皮仔仔细细享受鸡蛋。此刻，我的心像一块透明玻璃，清清楚楚知道吃完这个鸡蛋，下一个鸡蛋将遥不可及。因为妈妈要奶小妹妹，我拿定主意今后再也不去她床前看她吃鸡蛋了。所以，我调动周身的力量，全神贯注品尝这个鸡蛋，反反复复咀嚼这个鸡蛋，忘了时间，忘了自己的存在，直吃到天黑得像口大铁锅扣下来，忽然听见奶奶在街里吆喝我，才吓得一哆嗦，仿佛一个偷人家东西的贼，蹑手蹑脚地忐忑不安朝家里走去。

哟，天下最好吃的东西，莫过于鸡蛋啊！

鸡蛋不但最好吃，而且还曾改变了我的人生，扭转了我的命运。

十四岁那年，我初中毕业了，该上高中时，忽然时兴起了让各村子的大队"推荐"，实际上，也就是由村支书一人说了算。我们村的支书，跟我家有"过节"，所以，我这品学兼优的学生的上学就成了问题。果然不出所料，"推荐"的名单上没有我。我妈妈不服，也不甘心，就领着我去找支书，说，我家孩子学习拔尖，门框上挂有"军属光荣"的牌子，遇有什么事，上边也让照顾，无论从哪方面说，都该推荐我们。

支书歪着鼻子，瞪着眼说，照顾？谁让照顾了？军属怎么了？上边哪有规定让照顾，你拿文件来！继而，他可能从妈妈的话中听出了弦外之音，便拉长黑脸说道，少给我炫耀这个，那是前几年，放到现在，你男人想当兵，除非给我磕大头。

妈妈回家后，钻进被窝里呜呜哭了起来，哭了整整一夜。

见妈哭，我也哭，哽咽着说，妈，别哭了，别哭了，我不上学还不行吗？正好，咱家没劳力挣工分……

妈妈擦擦我脸上的泪，摩挲着我的小细胳膊和麻杆儿腿，迷茫着烂桃的红眼说，孩子，你瘦得像根豆芽，才刚刚十四呀！

我扑进妈妈怀里，母子俩的泪在一起流。

第二天早晨，妈妈不哭了，洗过脸之后，精神突然矍铄起来。她极平静地在和奶奶商量事情，意思是要积攒一部分鸡蛋，送给支书求他"推荐"我上学。

从此以后，我家的鸡蛋，全是为支书家攒的。明明知道他刁难我家，不是好人，可还得笑嘻嘻去给他送鸡蛋，这让人很痛苦。但痛苦归痛苦，事情必须那样办。

这天上午，妈妈拿出几个鸡蛋，到大队部代销点换了两盒香烟，回来后，又仔细数了数篮子里的鸡蛋，发现差三个凑不够三十的整数。

中午，妈妈见有两只鸡进了鸡窝，又在心里默默算了算，预测着看还有哪只鸡昨天或前天没下过蛋，企盼再有一只头鸡钻进鸡窝。于是，她皱起眉点数着鸡，瓷人一般坐在院子里等候。

我说，妈，下了蛋，鸡就叫了，你等着干什么？

妈说，我不放心，怕有谎蛋。

所谓"谎蛋"，是指有的鸡虽到鸡窝里卧着，但不一定真下蛋，因此村人称这种现象为"捞窝"，称这种鸡为"捞窝鸡"。"捞窝鸡"不一定都是"发情"想孵小鸡，也有空卧几天窝又开始下蛋的，

油饼的记忆

第二辑

这就是妈说的"谎蛋"。

老天保佑，妈没遇到"谎蛋"，她坐在鸡窝的不远处，终于守候到了两枚大白鸡蛋。

我松口气，高兴地说，这可行了，妈你去屋里歇会儿吧。

妈妈颦蹙双眉，愁容满面道，看不见有鸡进窝了，还差一个咧。

我想了想，说，不行去邻家借一个吧。

妈说，咱办这种事，让旁人知道了，会说闲话的，再者，借人家的鸡蛋，将来还时，小了人家不高兴，大了咱吃亏。

我耷拉着眼皮，无奈地说，那可怎么办？

妈看看树阴下墙根旁几只打瞌睡的鸡，叹口气，大眼睛忽闪几下，挑挑细眉说，你去把那几只鸡给我捉住，让我摸摸。

我不解，忙问，妈你要干什么？

妈说，我摸摸看哪只鸡下蛋。

我大惊，又问，你要干什么？管明天下蛋什么事？

妈不理我，催我快去捉鸡。

我捉来一只鸡，妈揪住它，掀开鸡尾巴，抻出两个指头，翻拨着羽毛，找准鸡屁股眼儿的位置按上去，专心致志地且极富弹性地抚摸一番，说这只不行，离得还远，并叫我再去捉一只。

有一只肥壮的大白母鸡，被妈妈抠摸了好长时间后仍拿不定主意，于是她喊来奶奶，说娘你看是不是在屁股门上？是不是明天准下蛋？

奶奶眯着花眼按了按鸡屁股说，是咧是咧，我都摸着鸡蛋了，你想干什么？

妈说，现在得要这只鸡蛋，接着大声催我快去厨房拿刀。

老天爷！奶奶惊叫一声，心疼地说，这可是只新鸡，下蛋最勤了！

妈毅然道，鸡和蛋算什么，孩子上学要紧！

这就是令我刻骨铭心、终生难忘的母亲为儿子上学而进行的"杀鸡取蛋"。

一颗带血的鸡蛋，被妈妈义无反顾地剥了出来。接着，她烧水烫鸡，褪净羽毛拾掇干净，连同三十个鸡蛋两盒香烟放进竹篮里，上面蒙一条毛巾，天一黑就提着朝居住在村南的支书家走去。

几天后，我果然被"推荐"上了高中。后来，"文化大革命"结束，恢复高考，我又上了大学。现在想来，如果不是妈妈"杀鸡取蛋"给人家送礼，没有使我学业"断档"荒废，我的人生和命运肯定不是现在这个样子。因此，我非常感谢世上有鸡蛋这种东西。不是太多磨难，不是得来不易的读书环境，我兴许不会如此发奋和拼搏……

关于对鸡蛋的追忆，我是断断续续在饭桌前，很随便地对女儿讲的。她边听边喷着饭星子像鸡叫那样咯咯发笑。

我非常不快，厉声说你笑什么？真不懂事！

女儿满不在乎说，我笑，是因为你说的那些事可笑，好玩，就跟神话传说似的。现在，根本不会有这种事了，如果有，我真想去体验体验，那多有意思。

我哑然，张嘴说不出话来。因为如今不时兴传统教育了，更不让"忆苦思甜"了，所以就不知道对她说什么好；也不知道怎样才能把历史与未来衔接起来；更不知道当我女儿这一代吃腻了鸡蛋的人长大后，该如何去面对今后很可能出现的困苦或者不幸！

小鸡出溪

第三辑

凡人启示录

都 不 容 易

是人都不容易。

刚生下来要吃奶，稍有不适就使劲哇哇哭，屎拉在被窝里，尿洒在裤裆里，没人换就得捂着、暖着；大点儿以后学说话、学走路，弄不好会摔得鼻青脸肿；上学功课紧，作业压得喘不过气来，挨老师批评，遭家长训斥，最后一次"统考"，等于过了一次"生死关"；找个工作不容易，有个好工作更难；搞个对象挺费劲，结婚时能把人累得半死；想有所作为需要奋斗，举家过日子得常想着孩子的温饱冷热、处理好夫妻关系；人到中年琐事多，退休以后必须同"病魔"斗争……

做官不容易。

官的"级别"很多，能做到头儿的官，十几亿人里多少年才出那么几个，因此做官的几乎均被官管着，大官管小官，小官管"衙役"。"当官不为民做主，不如回家卖红薯"，"做主"就要操心、就要管事。大官管国计民生，小官管吃喝拉撒睡，今天去开会，明天作报告；让张三去搬砖，叫李四去抬水。指挥人总是需要动脑筋，倘若把人把事指挥得恰到好处，就更得好生运筹帷幄一番，既要有胆识，还要讲究艺术和策略，而当官的能具备这些，是非常不容易的。

凡是当官的，都虎视眈眈地"盯着"自己官上边儿那个"官位"。"盯着"就是想得到，但想得到却不那么容易，必须干出成绩，理顺关系，把握时机，等待机遇。有"官瘾"的不见得当官，不想当官的偏偏是官。做官和升官，或多或少都有点"官外"功夫，其实这种功夫也不容易掌握。如此看来，当官的轿车和住房、名望和地位，也不是容易得来的。

当"名人"也有许多难处。

"名人"是从"非名人"中脱颖而出的，因此"名人"付出的血汗比一般人多，受过的苦难比一般人大。一般人往往羡慕"名人"的显赫和伟大，但却忽略了"名人"曾走进了"死胡同"，如果不拼不杀不挣扎，不来个"你死我活"，那么"名人"的今天，就比一般人还一般人。

凡是"名人"都很忙：信多、电话多、来访的多、邀请的多。认识的想"加深感情"，不认识的来"慕名求教"。显示热情便揪住你不放，不管你吃没吃饭是否该睡觉；露出冷淡就四处宣传你"狂妄自大、目中无人"。"名人"的屋里有人坐着，门口有人静候，上街被人拍照，购物被人围观。让你写一幅字，作一幅画，签一下名，合一个影，主持一场节目，搞一次演讲，唱两首歌曲，表演一段相声，打一场乒乓球，发一回气功，写一篇文章，下一盘围棋，说一句话，题一句词，露一下面……你办了是"圣人"，不办就是"孙子"。你得了出场费，领了奖金，取了稿酬，夺了金牌，大家在骂你"暴发户"的同时，还要吃你、喝你、拿你，让你捐钱献物"报效祖国"。

社会舆论常常撺着"名人"走，有些报纸和杂志靠"名人"养活着，靠"名人"赚钱发财。"名人"放个屁，有的说香；"名人"打个喷嚏，有人说该去医院检查身体；"名人"跟妻子或丈夫吵两句嘴，有人说这是否因为有了"外遇"。"名人"不能犯错误，不能离婚，不能打官司，不能有钱，不能有汽车，不能出车祸，不能生老病死，不能耍态度发脾气，不能写失败的作品，不能侃山说大话等。因

此，"名人"们常常感叹："我怎么就不能像普通人那样活着！"看来，"名人"的不易之处，比"凡人"还多。

现在的人都在谈钱、想钱、挣钱，但钱却不容易得到。

想经商，但门路难找，联系十件事成不了一件，既搭上功夫又赔了烟还受了累；买股票，弄不好顷刻间囊中空空，还得背一身债；干房地产，没有雄厚的资金；承包有风险；"摸奖"没运气；摆摊风吹雨淋日头晒……金钱就像悬在头顶的皮球，任凭你怎么蹦跳，就差那么一点儿够不着。于是便焦灼、沮丧、浮躁、自叹、悲哀，有一种危机感空虚感，觉得住房制度要改革，物价不停地涨，企业可能会破产，自己或许要失业，而抓不住"孔方兄"怎么行？怎么能活得舒服？

没钱人难，有钱人也不容易。挣钱既要诚实，也要奸诈；既要靠信誉，也要靠欺骗；既要靠技能，也要靠力气；既要靠机遇，也要靠灵通；既要会当"老爷"，也要会当"孙子"；既要货真价实，也要坑蒙拐骗。"大款"们每做成一桩买卖谈成一笔生意赚回一笔钱，几乎都是"机关算尽、腿跑得抽筋"才换来的，有时还冒着倾家荡产甚至"锒铛入狱"的危险。有了钱，还得琢磨着点子花，这叫作"能挣会花"。住豪宅、坐轿车、戴钻戒、进舞厅、养宠物、抽外烟、穿洋装、喝名饮、找情人、玩女人……而做这些事，也同样需要时间、精力和心智。倘若你羡慕他有钱，他往往会不屑一顾地说："钱，挣多少是够？太费神，没意思。"

老人们"退而不休"，过得也不容易。

他们接受不了被冷落的现实，因此常常怀旧，常常幻想。"比比过去，看看现在"，就惆怅满腹，总在夕阳里回溯流失的韶华，憋闷得不患"高血压"，就得"心脏病"。他们抽劣质烟，喝低档茶，穿廉价单调的服装。操心给儿子结婚，为女儿陪嫁，接送孙子、孙女进幼儿园或上学，简直成了保育员、采购员、炊事员和给养员。他们顶

着一脸"老年斑"，行色匆匆，气喘吁吁。

年轻人貌似"潇洒"，其实活得很迷惘。

他们的信仰很空虚，盲目地崇拜歌星、影星和球星。一会儿迈厅式×偾倭伛俗凋即黎敩寺彤伛俗凋即回焕喟伛俗凋即歃鲆魏伶公偎"派对"、"卡通"、"耐克"、"皮尔卡丹"；什么童安格、谭咏麟、黎明、郭富城、刘德华、郑智化；什么性感明星钟楚红，青春偶象张曼玉，说完"肥肥"，又讲巩俐；小伙子忙着欣赏金庸、古龙、梁羽生，观"大侠"的"夺命枪"和"鸳鸯刀"如何"笑傲江湖"；少女们则托腮凝视琼瑶、三毛、亦舒、岑凯伦，"哀怨"地撑一把"小花伞"，梦幻般"缠绵"在"温馨"的"情爱"之中。昨天嘶哑着嗓子喊"再也不能这样过"、"特别的爱给特别的你"；今天又温情脉脉地吟"你知道我在等你吗？"、"让我一次爱个够，给你我所有"；明天则凄怆伤感地唱"我想有个家，一个不需要多大的地方"、"他说风雨中，这点痛算什么，擦干泪不要怕，至少我们还有梦"。他们究竟是幸福？还是痛苦？是快乐？还是孤独？起伏的情感，游移的意绪，善变的寻觅，让人觉得他们是可怜巴巴地在受罪，活得的确很艰难很不容易。

不容易！男人不容易，女人也不容易；大人不容易，小孩也不容易；国家不容易，企业也不容易；领导不容易，群众也不容易；城里人不容易，乡下人也不容易；不干点儿事不容易，干成点事也不容易；卖点儿东西不容易，买点儿东西也不容易；写篇作品不容易，作品能发表也不容易；拍部电影、电视剧不容易，看场好电影好电视剧也不容易；上山不容易，下山也不容易；上班工作不容易，出门旅游也不容易；过夏天不容易，过冬天也不容易；你过得不容易，我过得也不容易……

哎！是人都不容易啊！

| 凡人启示录 |

许多人认为自己不俗不凡，非平庸之辈，同时也觉得自己身边有许多神圣伟大、名声显赫的人物，因此往往仰慕不已，常常自愧弗如。但事实上，世界上的任何人都是一个极其平凡的俗人。

父亲单位有一个老红军，曾爬过雪山走过草地，新中国成立后为了革命工作，一辈子都没顾得结婚，因此大家非常敬重和崇拜他。后来，他得了癌症，临终前，交给组织一笔存款。组织以为他要献给党和国家，就非常感动。这时，他却嘱咐组织把这笔钱交给某某单位一个叫某某的女人。组织按他的遗言办了，这才发现这个女人是个寡妇，跟老红军长年保持着情人的关系。于是大家茅塞顿开，知道满嘴革命的共产主义老战士也有他的七情六欲和隐私。

有一年回故乡，时逢村人金贵的大伯自台湾返乡省亲。金贵的大伯乳名孬牛，年少时偷瓜摸枣、顽皮泼赖，1946年跑到西安给国民党修飞机场后，几十年杳无音信生死未卜。前两年忽然取得联系，说是在台北成了百万富翁，如今衣锦还乡，竟引起全县轰动。这天，孬牛从"尼桑"小轿车里钻出来，在各级领导的簇拥下款款朝金贵家走来。沿街上岁数的人，一眼就认出了他，纷纷喊道："孬牛！孬牛！你回来啦！"孬牛就冲喊声答应，说："谁喊我？是××吧，咱俩小时候玩'夹一子挑一担'时打过架！"我站在人群里，看着这幕情景，瞻仰台湾大亨风采的心绪荡然无存，我觉得，他就是俺村的孬牛。

写出《塔铺》《新兵连》《一地鸡毛》等优秀小说的青年作家刘震云，跟我是同乡。在未与他谋面之前，想象中的他一定深不可测，高不可攀。某年的一个隆冬，我有幸在北京十里堡见到他。刘震云穿着同我一样的皮夹克，操着流利的豫北方言与我侃侃而谈。此刻的他，犹如坐在田埂上，偎依着锄把与乡亲们聊天。距离缩短，时光倒回，致使我原本准备好的"大作家"、"刘老师"竟顺嘴变成了"咱老乡"或"刘老兄"。刘震云也不神秘，早晨，他在掉瓷的大茶缸里泡着方便面，边吸溜吸溜地吃边在笔记本上写小说，也涂也改也搬着字典查错别字；也皱眉头也费心劳神熬得上火牙疼；也有过不成名前的困惑挣扎与苦斗。当我说我非常崇拜他羡慕他时，他说："咱是老乡咧，谁和谁呀！说那咋！"

1980年时我才二十来岁，是一本《现代六十家散文札记》把我送上文学之路的。在一个很偏僻的新华书店，我花6角8分钱买了这本书。那时候，我并没有注意这本书的作者是谁。但不料若干年后，在一个极偶然的机会里，我竟来到——中国社会科学院文学研究所——这本书作者林非先生的家中做客。在紫竹院一栋楼房的住所里，我显得诚惶诚恐忐忑不安。但令我更不可理解和凄惶的是，早已在散文界闻名遐迩，出版过多部散文理论著作，多次出国讲学的我国著名散文理论家，竟蜗居在一个仅有几平方米的小斗室里著书立说，教人育人。在他那藏满智慧和学问的花发间，也浸透着许许多多的感慨和苦衷。林老先生给我泡茶，给我吃橘子。吃饭时，给我碗里舀汤夹菜，连他夫人肖凤给他端来饭后，他还要说声"谢谢"。后来，我又一次听他讲课，见面前，他大老远看见我，竟像老朋友似的先伸出了手。于是我就想：令人崇拜的林老先生，和蔼得不也是普普通通的人吗？

从前当团支部书记时，曾和团市委某书记打得火热。后来，这团委书记就当了市委书记。此后再见着他，就感到陌生，说话也脸红，浑身不自在。再后来，看见他被人笑脸相迎簇拥着，就悄悄地走开。有一次，他在大礼堂作报告，休息时，不巧却在厕所里与他相遇。我挺尴尬，就想低头过去。不料，他却先喊我，问我为什么不同他说

话。我脸一红，说你官做得太大了，见你很害怕。他笑了，捣我一拳说："我还是我，我没变，倒是你变了，以后再这样，你就是看不起我。"因此，我觉得某些人的神秘感，往往是他周围一些人制造的，而他自己，并无意玩深沉来显示其伟大。

或许是我的经历和思维方式与众不同，总之，在我感知世界，认识生活的漫长岁月里，我的目光和心灵，曾多次悄悄越过诸多人的人生履历，去默默审视和思考这些人的这一面和那一面。

红极一时的影星、歌星、笑星及各种名人，一旦东窗事发，便被当作闲暇时的笑料让人群起而攻之；昔日被判过刑的罪犯，说不定明天为救落水儿童不幸英勇献身，于是在一夜之间他就摇身变成了一大英雄；为亿万球迷所倾倒的马拉多纳竟是个吸毒者；全国劳模成了大贪污犯等诸如此类的人和事，更是屡见不鲜、不可胜数、俯首皆是。其实，这并不值得大惊小怪，许多人对此兴趣盎然，津津乐道，并呈现出一副摇头晃脑的不可思议状，我现在非常非常不理解。

金无足赤，人无完人，伟大和渺小都是相对而言的。沧海桑田，谁主沉浮？各领风骚，演义无穷。好人与坏人的概念，也像夜与昼那样周而复始地轮转交替。我们固然缺少榜样和楷模，但由于我们被封建迷信和盲目崇拜愚弄过困惑过，因而我们更缺少实事求是和真正的人格力量。还是恢复人原本的样子好，因为我们大家原本就是平凡的俗人。

精神消费

隔那么一段时间，我会身不由己一个人去大街上走一趟，挨着商店瞎逛，什么东西也不买，东看西看，看买东西的人和卖东西的人，还有那琳琅满目、五光十色的商品。有时盯着几把刀子出神，有时将穿新潮时装的塑料模特当真人瞧，有时窥视着一对不像夫妻的购物者茫然若失。没有目的，没有意义，纯属虚度光阴，浪费自己非常宝贵的时间。然而，转一遭回来，我的精神会愉快许多，吃饭、睡觉、写字会出奇地舒服。知道我的人，都知道我不善饮酒，但可以喝一点儿，也不经劝，让喝就喝，不能再喝了说什么也不喝，自己掌握着从来不醉酒。偶尔醉酒，是在自己家里，自己跟自己喝，独斟独饮，喝完一杯再倒一杯，不一会儿自己就把自己灌醉了。满脸发烧，浑身发胀，头重脚轻，饭也不能吃了，然后跟跟跄跄倒在床上。待一觉醒来，自己就嘲笑自己一回，说没人劝咱喝，这是何苦呢？"世界杯"期间，喜欢深夜一个人看足球，如果有一场比赛赶在晚上十点以前，心里就暗暗叫苦，而且那场比赛准看得味同嚼蜡。因为妻子和女儿总是在屋里来回走，不是有这事就是有那事，还间或跟我说话，或突然问一句进球了吗？要不，电话铃就骤然发作，于是，情绪便直落千丈。总认为足球的味道是一个人品出来的，打的好坏由自己咂摸，不想对人说也不想听别人说，就像从前在师大跟同学下围棋，臭就臭下，不愿意让别人参谋，也不高兴有人在旁边碎嘴，输和赢都是自个儿的本事。我经常一个人转书店，倘若和朋友一块去，心里会不安许多，怕让朋友等自己，也怕自己等朋友。所以，在一般情况下，

我是不跟别人一块去书店的。我买的书，一般人不买，既不是热点纪实畅销小说或者名著，也不是言情武打，究竟是什么，一时也说不清楚，只是凭感觉一个人"沙里淘金"般连续数个小时在书架上慢慢地寻找。有时连着一个多月买不上书，只是泡在书店里胡翻乱看，媒体上说谁的书好，我偏偏不买，我觉得既然这书好可能有不少人买了就不再在乎少一个读者。这几年，在炒作的很多"布老虎"丛书中，我只是买了赵本夫的《黑蚂蚁蓝眼睛》和《天地月亮地》，并且感到非常值得。那次，跑了一整天，买了一本梅特里的只有五万字的小册子《人是机器》，回来想想，真是感到不可思议。

梅特里在书中说："人是一架如此复杂的机器，要想一开始便对它有一个明确的完整的概念，也就是说，一开始便想给它一个定义，这样的事是不可能的。""精神和身体一样，也是有它的瘟疫病和流行病的。"如此我就吓了一跳，怀疑自己这架机器是不是真出了毛病，要不，怎么总是匪夷所思地在生活中消费精神呢？

| 捉鱼的感觉 |

我故乡村西有一条小河，名曰"长虹渠"，因而它实际上只是一条人工挖成的泄洪沟。未逢汛期，小河沟里总有一股不大的流水淌着，说不定什么时候还会从上游过来一群鱼，村人称之谓"河里过鱼"。童年时代，我经常趁"河里过鱼"的时候去凑热闹捉鱼。大家捉鱼的办法很多，有扔大网撒，有用罩篓扣，有拿网兜捞，有跳在水里凭手摸。但撒大网的不一定比手摸的捉得多，因为有的鱼在河底泥窝里趴着或在水草里钻着，大网捞不住就必须用手摸，而罩篓又只能扣住为数不多的大鱼致使小鱼漏掉，于是，漏掉的小鱼就被拿网兜的人捉走了。因此，大家在这条河里尽管操作的器具不同，捉鱼的方法不一，但都相得益彰，各有所获，均捉到了鱼，谁也说不上谁聪明谁愚蠢。在我长大以后，尤其是想从事写作以后，我常常以小时这种"捉鱼的感觉"来看待自己的写作或者去对待别人的写作。我觉得，生活或者历史就是我故乡的"长虹渠"，里面的鱼就像人物和故事（或事件），而写作者，就仿佛站在河岸上审视着水面做好准备的捉鱼者，你喜欢拿什么家伙儿（怎么写），企图捕捉到哪种"层次"的鱼（写什么或以何种角度向人类和世界表述什么），就放心大胆地去干吧，别怕别人说也别去说别人，反过来再说，别人可以说你，你也可以说别人。这个世界的广袤与深邃不可揣测，人类的历史生活有多种解释，什么都有可能发生或者变化着。"上帝已经死了"（尼采语），对什么都可以说"不"，"热闹"和"寂寞"都可能是暂时的，什么都不一定"最好"也不一定"最差"。因为，现在我又想起了当初捉过鱼以后回家时的情景：路上，张三说，你看，我捉的鱼比你多，下一回，你也学我拿个大网来吧。李四则不以为然道，你捉的多不假，但我捉的比你的大。王五说，用手摸多费劲，你往后不妨也弄个罩篓扣。马六不屑一顾道，我就逮藏在草里的鱼，要的是那种摸的滋味，赶明儿个，我还想拿杆儿去钓咧，一天钓一条，可心里美啊！

　　为此，大家再也无话可说。于是，我很早就认识到：只用一种方法或手段是捉不净河里的鱼的，同时又想，具体到某一个人来说，老用习惯的工具捉同等"层次"的鱼，是不是也显得不那么智慧呢？

| 树木与森林 |

我总觉得谈及文学或文学创作是一些大作家的事，他们居高临下有太多的话想说敢说且不乏深邃和精辟，所以相比之下我们无不自惭形秽备感渺小，只好躲在某个角落里高山仰止般艳羡，心里滋生出的仅仅是些像青杏般酸涩的很卑微的感受，因为感受不是谁的专利，只要是不得已走到世界上当了个人，连吃饭睡觉都要有些想法，更别说我们还特别喜欢点儿什么，很想执着追求点儿什么了。

很小的时候我喜欢绘画，画山水、画劲松、画花鸟、画下山虎、画"鹤寿延年"，画"喜鹊登梅"，如痴如醉临摹郑板桥的墨竹，用方格放大的方法绘毛主席和雷锋的头像，老家的土墙至今仍贴着我童年时十五岁画的中堂画。后来入伍为连队画幻灯片，还得了全团二等奖。但自幼的酷爱不料在转眼之间便土崩瓦解了，这就是因为我心目中有了一个更高大的文学。高中毕业的十七岁以前，我几乎通读了中国所有的文学名著，文学之梦像一颗顽强的小嫩苗，仿佛被谁使了魔法似的，滋滋长成了参天大树。当时只有一个念头：他们能写，我就不能写吗？于是就写。在连队艰苦的生活环境里，我用一张厚纸将煤油灯的亮光遮起来，在不影响战友们睡觉，不被查哨者发现的极微弱的残光下，写下了第一篇小说，政治处调我到报道组从事写作时，电影组也到连队调我，说让我去画幻灯。这时我想，美术再见了，我要结构一个文学的美梦。我啰嗦这个过程的意思是，任何业余爱好的诱惑，似乎都不及文学的魅力强大，任何理想和追求，似乎都不及文学神圣，文学可以改变任何珍贵的东西，它对别人是否会这样，但对我说的确如此。我偏执地认为其他艺术领域可以凭靠技艺或师承谁，而只有文学家才被人冠以"人类灵魂的工程师"。

不涉河流不知水深，不误此道不知此道艰难。最美丽的最危险的，最好的风光往往在最险峰。在这里，我不想用"市场经济"或"商品大潮"的冲击来说明文学的必然浮躁甚至衰败，也不想以"文人下海"来证实文学队伍阵营的缩小，事实上这种现象并非是文学自身的原因，而是文学自身的高雅和独特风采，使某些人"见好就收"或自感已"穷途末路"、"高攀不上"主动放弃了文学，然后曰"下海"找个冠冕堂皇的理由走下"台阶"以"避嫌"免得尴尬，这些人中的多数者说起文学，往往不屑一顾，说我才不弄那个，但事实上是不想承认"弄不了那个"。因为在我认识的工人、农民、企业家、领导干部、业余作者等人的圈子中，没有人看不起我或看不起文学，他们反而很敬重我敬重文学，这在去年我们市评选全市"十佳青年"中，我以写小说的简介出现得了很多选票并被选中，且排列第五，就是最好的佐证。我自信自己是个很有能力的人，接触了解我的人也这么评价我，我在原单位工作连年当先进，组织了许多全市性的大型活动，为单位创造的经济效益令人刮目相看，我敢说我若"下海"，也不比别人差，朋友们也曾多次这么劝我，但我没有，我放弃了童年的爱好，放弃了优越的工作环境，放弃有可能步入仕途的道路，放弃了金钱的诱惑，全心全意追求文学。我有韧性和吃苦精神，我自认为我能干成许多事情干好许多事情，但唯独干不好文学，因此这就更加证明了文学的独特魅力和无穷的奥妙。文学的"一江春水向东流"让我仰慕，但我却不能顺着它自由翱翔，然而我坚信追求的乐趣在于轰轰烈烈的过程而不在于最后的结局。

在这种境遇下，因此常常思考树木与森林的关系以自勉。我总是把文学比喻成一片葱郁无际的森林，这片茂盛的森林，是由许多高低、粗细、大小不匀的树木组成的，没有这些树木，就没有这片森

林。森林是我们的文学事业，树木是文学作者。高大的强壮的是那些大作家，低小的细嫩的是我们文学小作者。大作家支撑着森林的蔚为壮观的风景轮廓。小作者点缀着森林为它增光添彩使其更加繁荣。只有大树没有小树森林单调形不成气候，只有小树没有大树就不像森林的样子。漫漫的历史长河中，大树小树都要活着生息繁衍，因此文学的森林不会枯萎和衰亡。不要以为在森林里只有做一棵大树才风光，殊不知树与树相比才有大树和小树的，何况，大树有凋谢的一天，小树有长成大树的一天。大树和小树，共同制造着文学事业这片森林繁荣的昨天、今天和明天，所以我们爱着拗着是很有意思很有意义的，由此看来谁承认不承认或成名不成名倒成了其次。

蝉　声

　　窗外，秋风萧瑟，杨叶儿泛着淡黄，树上，蝉儿热烈鸣唱，将教室揉得愈加宁静。

　　古典文学老师正在兴致勃勃地讲述"初唐四杰"之一骆宾王的《在狱咏蝉》："西陆蝉声唱，南冠客思深。不堪玄鬓影，来对白头吟。露重飞难进，风多响易沉。无人信高洁，谁为表予心。"这首诗是诗人在狱中写的，唐高宗仪凤三年（公元678年），骆宾王因为上书议论政事，触犯皇后武则天，被诬以赃罪下狱。诗中，他抒写自己的忧郁，因蝉起兴，又借蝉自况。古人认为蝉只"饮露而不食"，因而把它当作清高的象征。在这里，骆宾王把自己比作蝉，正是希望有人怜悯他的沦落，相信他的清白无辜……

教室内外的蝉声，令我回忆，令我深思，在我耳边交织成一首既欢快而又沉重的乐曲——

自然界的蝉声，嘹亮、优美、欢愉，给我带来了童年美好的回忆。记得小时候在家乡，我特别喜欢蝉，秋日里整天和同伴捕蝉，捉住后，便捏在手里让它"知知"叫唤。晚上，不是摸蝉蛹，就是在大树下生起火堆，而后猛烈扑打树枝。蝉儿在黑暗中看见火光，就俯冲下来，落在火堆旁扑扑棱棱地飞，我们就抢着去逮，玩得真是开心极了。蝉和蝉声伴我告别了童年，迈向青年时代，我仍然爱着蝉，仍然喜欢听着悦耳的蝉声。蝉声里，多是我欢乐的回忆，美好的追求，光明的未来。如今，我上了大学，坐在安静的教室里，聆听着诗文中的蝉鸣，在勾起我童年绚丽的回忆和对蝉由衷感慨的同时，心里一阵惆怅，不免生出一丝丝凄苦和悲凉来。骆宾王发自内心的吟唱，也道出了我们现实生活中的悲剧。我有一位朋友，前两年毛遂自荐当了厂长，一上任就大胆改革，第二年就使厂子扭亏为盈。可是不久前，他不但下了台，而且离开了工厂。为了糊口，现在只好在街上摆小摊卖服装。原因是有人造谣，说他不但贪污受贿，而且还有作风问题，调查不清但却被人嫌疑，闹得满城风雨。他浑身都是口也说不清自己的清白，于是便辞职离开了工厂，从此沉沦下去了……想想古代诗人"无人信高洁，谁为表予心"的肺腑之言，再看看今日这位失意的"改革者"，难道这不正是他没有道出的心声吗？

古人经常将蝉鸣写入诗词中，但作者寄寓的感情却是各种各样的。王昌龄的"蝉鸣空桑林，八月萧关道"，李端的"盘云双鹤下，隔水一蝉鸣"，王籍的"蝉噪林逾静，鸟鸣山更幽"，郎士元的"暮蝉不可听，落叶岂堪闻"，柳永的"寒蝉凄切，对长亭晚，骤雨初歇"，方干的"鹤盘远势投孤屿，蝉曳残声过别枝"；等等，都以各自的心情，把蝉鸣写入了诗句中。我想，如果我的那位朋友会写诗，

他一定应该这样写："昔看黄菊与君别，今听玄蝉我却回。"这里说的玄蝉回，就是说玄蝉叫的时候，金色的秋天就回来了……

回来吧，蝉声。回来吧，朋友。不要陶醉于自然界的蝉声，也不要沉沦于诗中的蝉声。我们只管不畏高温，永远像蝉那样热烈地想唱自己想唱的歌，并将自己的声音汇入时代的大合唱中，高奏起真理的蝉鸣。

愿蝉声少些忧愁，多些欢乐！

第四辑

我所认识的

小说家

我所认识的小说家

完美的铁凝

铁凝几乎是个完美的女人，她的作品以及方方面面都让人心悦诚服。当然，假如硬要有人挑剔或略有微词的话，事实将很快证明他不是心怀叵测就是不懂事。

如果铁凝当初做知青时没有迷上写作，后来没有从文，而是走的另一条人生道路。比如，她留在了农村，或进城当了工人，再比如，她酷爱美术，学习唱歌跳舞或作曲什么的。那么，她的庄稼一定种得比任何人好，还会带领乡亲们勤劳致富，一定是先当支书再干公社书记又做县委书记一直升到省里或中央。她做工，现在很可能是个大企业家，大老板或亿万富翁。她倘若从事艺术，那一定是个著名画家、著名演员、著名歌星或者著名艺术家什么的。是的，我绝对丝毫没有夸大其词故意炫耀她什么。我相信，只要是比较深入地了解了铁凝这个人，都会与我有同感的。所以，我想说的是，铁凝是一个非常优秀相当出类拔萃的女人，也可以说是一个"女强人"，她只要想做，可以做好社会上任何一个角色，而且都能做到极致做到最好一定出人头地功成名就。

铁凝的不平凡铸就了她是一个具有鲜明特质的女作家，她的特质就在于她对任何事物都有自己非常独到的认识和评判价值，这就决定了她一生的超然不群。1982年，她借助于《哦，香雪》初步宣示了自己在小说创作上的卓越。但是，绝非仅仅如此，从这篇小说的背后，我们似乎洞悉出了一个人对世界生存形态的另一种感知角度和方式。千百年来，我们怎么就没有发现一个乡村女孩的精神向往是如此急切的客观存在并将其如诗如画地表现出来？是文人们匮乏铁凝那种感知的意念。她的第一部中篇小说《没有纽扣的红衬衫》，也是这样，那些细微的琐碎的日常生活，会在她冷静的叙述之下沉积着深刻的思想，让我们有着惊心动魄的发现从而忍不住诘问。"生活不是没有美，而是缺少发现。"她既可以通过作品发现，也可以在人生中发现。铁凝的作品，无论长、中、短篇小说还是大量的散文和随笔，几乎都是在人生不经意的罅隙里寻觅人类不曾关注的问题。就像农民摘棉花要扣净壳底残留的细绒，工人磨掉零部件上的瑕疵，画家调制颜色的搭配，歌唱家在找特殊的发声。铁凝的声音总是独立的，她似乎知道文学的"永远有多远"，她的人生一直是"营养心灵"的过程。所以，铁凝对世界或者人生的把握的非凡本领也就是素质，不是自写作之日开始的，有时让人怀疑她的这种"本事"也许是从小具备的与生俱来的。因此，她从事什么工作都可能是最优秀的最出众的，不只是能当个好作家。然而，命运既然这么安排了，她当然就在作家群里脱颖而出了，这是一个人的品质所注定了的要铺满鲜花和掌声的喝彩，任何外界的因素都无力遏制。

在中国众多的女作家当中，如果比写作，我不敢说铁凝是最出色的，但要比为人处世或者说综合素质，我敢说她是最全面最完美的。十六大闭幕后，铁凝作为新当选的中央候补委员回到河北作协传达

十六大会议精神，第一句话就说："这不是我个人的荣誉，这是我们全省新老作家多年来辛勤努力的结果……"铁凝的作品与人品的双重魅力，多年来征服着河北一代又一找新老作家的团结奋进。铁凝当选中国作家协会主席后，有一次，一位朋友问我铁凝的情况，我想了想说："这么说吧，原来在河北作协时，不管老的少的，也不管是名气大的还是司机或者清洁工，没有不佩服铁凝的，关键是她为人好。就说我吧，我跟铁凝第一次说话，还是人家主动跟我说的。那次在北戴河开会，休息时我躲藏在人的背后，她主动走过来，问我，你就是贾兴安吧？我红着脸说是。她上来跟我握手，说好几次开会都见你，可你怎么老不跟我说话。我的脸更红了，嗫嚅道，那么多人围着你，我不好意思打扰。她笑着说，那以后我们就熟了，多联系啊！"

让人自豪的王蒙

第一次看见王蒙是1983年的秋天，在石家庄当时叫"燕赵大旅社"即河北省政府招待处的大会议里，他为正在召开的全省首次青年业余文学创作会议作文学报告，据说是当时的省委副书记高占祥邀请他来的。那时我才二十来岁，刚刚涉足于文学创作，第一次面对面听这样的大作家说话。我提着个大卡式录音机，与别人换了座位，坐在最前排录音。王蒙面前搁着一张纸，一只手摁着，几乎从没看过地就那么目视着黑压压的会场滔滔不绝出口成章地讲。我印象最深或者说至今都在左右我写作的，是他说小说创作中的"氛围"和"色调"。他几乎形象地让我看到了一篇好小说的具体形态，以至于在后来的阅读中使我处处都在留意这些东西。坐在我身边的一位文友说："你看，王蒙的脑袋多大，里面可都是智慧啊！"这话至今犹在耳畔回荡，让我二十年里都在震撼着认同与慨叹。

在不少文人当然也包括我自己在内的眼里或心目中，王蒙是一种自豪，也是一种骄傲，我们尽管还不敢说将王蒙当作榜样来学习，因为我们再努力学习也不可能赶上他，但崇拜和羡慕或者说佩服他敬重他却是不言而喻的。当然，这里面虽然蕴涵着新时期以来中国一个比较纯粹的作家，更严格一点说是一个小说家"从政"官之最大的客观因素，但事实上高山仰止的绝不仅仅如此。年仅23岁的王蒙1957年因《组织部来了个年轻人》先被毛泽东肯定，可后又被打成"右派"而"流放"新疆后的"二度"复出，匪夷所思地历练出了他的另一种青春和勇气，还有那超常的睿智和非凡的艺术想象力，连面颊上未洗净的西部尘埃都凝聚成了他的创作财富，致使与他同时代的小说家望尘莫及。他的先锋，他的奇诡，他的思辨，他的犀利，甚至连他的开放与宽容，几乎都是里程碑式的。他总是在勇敢而勤劳地颠覆着什么的同时也捍卫着什么，不经意间就当上了文学之舟上的舵手。"我喜欢不同风格的作品，而且自己也试着写一些风格不尽相同的东西。"于是就有了《春之声》的意识流与《坚硬的稀粥》的荒诞和黑色幽默。作为《人民文学》的主编，他说"我看不懂的小说，也可以发表"，于是就有了残雪们置文学于"前卫与尖端"的横空出世并终成大器。当很多人指责王朔"玩文学"的时候，他又像呵护一个要独自上路出远门的孩子那样摆出了长者的风范。无论有些人承认与否，历史将证明，在很长的一段时间里，王蒙曾经是文学长河中的一支最为重要的源泉，他仿佛一块酵母，膨胀了今天文学的那种逐渐壮大与成熟的态势。尤其是一般文人难以望其项背的，或者说那些一旦"受宠"过再也不屑于或忍受不住寂寞的文人大多不甘"复位"的，而他竟能欣喜若狂如释重负地返璞归真到他小说的"骨子"里去，依然老而弥坚地恪守自己的道德、理想与情操。因此，"季节四部曲"只有王蒙有这种资格和能力来参悟去穿透，而《王蒙自述：我的人生哲学家》，则

可以视作他于跌宕沉浮、历经沧桑中，在纷繁复杂的社会变幻背景之下洞察出的人生玄机与奥秘，是"用头破血流换来的一点明白"，文字貌似平宜直晓，其实是沙里淘金字字皆为珠玑。

也许，我们可以异议王蒙的文学思想和观念，但他的小说在他那个年龄和那个时代所嬗变出的"革命"性，内嵌的鲜明倾向与锋芒，以及肌理的强悍，语言中暗隐的政论特质和杂文元素，还有汪洋恣肆铺陈着的那些排山倒海般狂放不羁的同类词组合，谓之为"王蒙式"的小说应该是中国独一无二的文坛景观。

将军作家李存葆

除了李存葆，目前驰骋于文坛的，我不知道还有谁是靠写小说当上将军的作家。多年来，李存葆没有愧对于祖国和人民授予他的军衔。特别的职业、使命和责任，必须使他义无反顾地与中国其他的一般作家区别开来，并毫无疑问地注定了他的创作像军服一样的威武、像旗帜一样的鲜明、像命令一样的凝重，像刀枪一样的锋锐，像千军万马一样大气磅礴，像永远的冲锋一样气吞山河。

我以为，想要真正地认识李存葆，必须懂得这一点，否则，你最好歇着别走近他。

先抛开作品暂时不谈，李存葆这个人最初给我的记忆是冷漠的傲慢的。在几次的创作笔会上，无论是座谈研讨还是考察名胜，他总是沉默着抽烟，在萦绕了一脸的袅袅雾气中眯着眼睛信马由缰地思考什么。即使操着浓重的山东方言发言，也像打电报那样寥寥几句，仿佛是不屑于说什么，转风景点时，他总是落在队伍的后面，而目光则好像在远方凝视着，仿佛眼下不屑于看什么。这时，不知怎么地，从他的那种"冷眼旁观"的背后，我胸膛里突然就迸发出了"悟透"这个词。不错，只有悟透，才有不屑，才有居高临下，才有胸有成竹，才有茕茕孑立独步于天下的清醒与自觉甚至藐视"敌人"的果断与勇敢。这就是一个作家之所以成为将军的天性与禀赋使然。写作如同战斗，一个个汉字如同麾下的千军万马，每一部作品的完成都犹如一场战役的终结，制胜的法宝一定是高瞻远瞩，审时度势，运筹帷幄。只不过，战场上真正的将军要靠自信出其不意地发布一道道作战指令，而文职将军李存葆，则将这种大智大勇大藐视大信念凝聚到了自己的笔端在纸上谈兵。有一次，当我在电话里向李存葆请教一些文学问题时，他说："别管人家说嘛，自己喜欢嘛写嘛！"尽管我当时不能看见他的表情，但我依然分明感触到了嗜烟的他手夹半支香烟的满脸不屑。是的，文坛上的一切都不应该在我们的话下，尤其是对将军作家李存葆来说尤为如此。

我们没有理由不将靠《高山下的花环》等小说震撼文坛之后转入报告文学和散文创作的李存葆，视作他精心准备后蓄势待发的一次"战略转移"并开始新一轮的"突围"。"花环"放置于"高山下"，"十九座坟茔"业已矗立在"山中"了。这铸成了李存葆的高度，也刻下了当时中国军事文学一个其他小说不可比拟直至现在还没有出现那种"轰动效应"的崭新标志。他就像一个足智多谋的攀岩者，爬到一定的位置插上一面旗，然后转身回来了，于是让我们只得眼巴巴地望着那面旗帜仰慕，永远不可企及更难以超越。当然，如果有人说这是李存葆不能突破自己才狡猾地退缩，我也无话可讲。但是，请记住，纪录的保持者都是由别人打破的，拳王没有必要也不可能自己摔倒自己，他需要翘首以待辈出的新人将其摞翻，摞不翻，别说风凉话，一边练去。另外，我还愿意认为他这样做是一种战术的"迂回"或者说"二次革命"的奋起。也许，迅变的时代生活不可遏制地在李存葆敏锐的思想内核里嵌入了一种更鲜亮更活泼的审美元

素，使一贯操守"宏大叙事"为基本创作原则的他，似乎对以往的虚拟经验是否还能涵盖自己内心盘桓已久的理念冲撞产生了某些迷惑和疑虑，于是就有了以真实为载体的叙事文学《大王魂》《沂蒙九章》等，有了整合了各种文学资源的散文体作品《祖愧》《飘逝的绝唱》《东方之神》等，其中内置的穿透能力、囊括技能、文化品质、民族精神、忧患意识，再次展示了一个军旅作家勇攀另一处文学巅峰的铮铮风骨。因此，也难怪这几年间，国内上百家各大小报纸杂志将他这一批作品当作小说或选登或连载。

如今的李存葆并不比20世纪80年代黯然，英雄气概依旧，王者风范犹在。不同的是，他的收藏之趣，古文之好，游历之广，知识之博，于阳刚里平添了些许儒雅和书卷气，从而可以呼风风来，唤雨雨至地在斗转星移中依照自己的潜质很聪明地与时俱进，宛若"知己知彼、百战百胜"的将军笑傲未来的一个又一个的凯旋。

当家名人贾平凹

我承认很早喜欢贾平凹主要是出于姓氏的原因，那时候我也就是十六七岁的样子，醉一般痴迷于文学。当时贾平凹还没有多大名声，但小说和散文常见端于文学大刊。在此前我的记忆里，我一直认为这个世界上姓贾的很少，爱上文学以后，只知道"姓贾"的在古代出了一个大文学家"贾谊"和一个大诗人"贾岛"，现在又有了一个"姓贾"的写得这么火，尤其是他的《满月儿》获1978年全国优秀短篇小说奖之后，18岁的我对他就更加崇拜了，其想法天真得近乎可笑，认为他给我们"贾氏"光宗耀祖了。别人说贾平凹如何如何，最后捎带一句"看你们姓贾的"，我也自豪得心花怒放，好像贾平凹真是我们家人跟我有什么关系似的，以至于到后来，我在任《散文百家》主编，贾平凹是《美文》主编，贾宝泉为《散文》主编时，文学界或许多作者惊讶地戏称"散文期刊有三贾"时，我也有些扬扬自得。因此，我毫不避讳地说，由于我跟贾平凹"三百年前是一家"的同姓氏原因，我先敬仰他的名字，然后才喜欢他的作品，他成为我追求的精神偶像，就像在很长的时间里因"毛泽东"是领袖而"姓毛"的都感到无上荣光一样。

　　贾平凹的作品对我影响最深，我那时作过很多读书笔记，并且给他写过信，学着模仿过他的小说和散文，最痴迷他的时候是他在《收获》上发表《浮躁》前后，我一直认为这是他最好的一部长篇小说。1988年前后，我从河北师大文学班毕业，在我工作的文化宫办小说创作学习班，曾专题评介过贾平凹的小说和散文作品。有一次，有人问我，为什么有这么多人喜欢贾平凹的作品。这话竟把我问住了，我想了想，几句话怎么也说不清楚。后来，我认真归纳了一番，用最简洁的话来说，是他将自己的平民思想、乡土情绪，理智、机巧而又想象非凡地融会贯通于深厚的古典美学与诗性之中，那种焕发着人性光辉的地域特色和富于传奇色彩的事件，无不在古朴、平和、旷远中积淀着传统意韵的日常情趣，展示着我们这个时代的某些最浪漫也最隐秘的生活真相，他创作的独立个性使他最终成为中国最具天分与才情的作家。他的所有作品包括字、画，都可以称为"美文"，美的环境，美的背景，美的人性，美的意念，美的结构，美的文字，所以也就不奇怪他为什么在1992年创办了一本散文刊物索性叫《美文》了。贾平凹至今不用电脑写作，也许在别人看来是不可思议的，但我是理解的。按贾平凹自己的说法，他不用电脑写作的理由大致有两个：一是认为一个人写多少作品是有定数的，害怕用电脑写得太快了提前耗尽了；二是电脑打字拆笔画改变了自己对中国汉字的思维方式，他只有拿起笔来才能思如泉涌。可在我看来，欣赏贾平凹的文学作品，是应

该结合着他书写的文字来看才更有味道。那年我被借调在《长城》帮忙时，穆涛从西安约来贾平凹的中篇小说《佛关》，这是我有幸第一次看到了贾平凹的手稿真迹，我记得信封里还有一幅他的画作，他的小说是用钢笔字写在稿纸背面的，俊逸而又洒脱，几万字通篇就是一幅绝妙的书法。多年来我一直觉得，读他的小说手稿与看他在杂志上刊发出来的印刷体汉字作品，效果是绝对不一样的。他的手稿里有一股气体萦绕在字里行间，呈现出一种立体的景观，似乎是他的内心通过手臂倾注于笔端才能在纸面上构筑独属于自己的理想空间。也许，他笔尖"沙沙"写着，真的就像小和尚敲木鱼，"按佛家的说法，木鱼声一敲，佛呀菩萨呀都来了。"（《七盒录音带》贾平凹语，见《美文》2003年第2期）所以，我相信贾平凹的手写作品是贯满着"气功"的，我甚至企盼有见识的出版社出版他的手稿作品集。

比较遗憾的是，我一直没有见过贾平凹，尽管他曾为我的散文随笔集《都不容易》题写过书名。这样也好，他总是给我无穷的想象，甚至还有点神秘。了解一个作家，是从作品开始的，就像从《红楼梦》里解读曹雪芹。直到2003年，我才在西安见到他，见面一介绍，他才惊叫道，是的，贾兴安，知道知道，后来，我们又到他的家里，在那堆满古董房间里，他让我们抽烟，喝茶，从一个瓦罐里，掏他在写作时喜欢嚼的生花生让我吃，并得知他的《秦腔》就是刚刚在这个"破桌子"上手写完成的。在当今中国文坛，还没有一个作家像贾平凹这样在小说与散文两个领域都如此登峰造极的。他是一个"天才"作家，有争议再正常不过了，因为"天才"总是在不断创造不断颠覆甚至有诸多的匪夷所思。但是，我与持有异议者不同的是，我知道"横看成岭侧成峰，远近高低各不同"的道理，对任何作品的理解，都应该像"有一千个观众，就有一千个哈姆雷特"那样。

豫北老乡刘震云

刘震云祖籍是河南延津县人，与我的老家浚县临界，而哺育我长大的长屯村又位于浚县的最南端，离延津县的丰庄镇才3公里。刚解放时，处在浚县、汲县、延津县三县交界的我老家长屯村在行政区划上就属于延津县，后来也划归过汲县，我的二姑就嫁到了延津县的丰庄镇，而丰庄镇，距刘震云的塔铺乡才十几公里。也就是说，我与刘震云童年时代不但共同生活在二十来公里的地域内，而且他仅仅比我年长两岁，算是处在一个年龄段上，该是名副其实的同辈同乡。

也许是豫北同一块土地上长大的原因，还有那些极为惊人的相似经历，比如，父母教书，从小跟姥姥长大，十七八岁离开故乡，当兵，在连队当过班长，考大学，写作，当编辑等，所以，我喜欢甚至说崇拜刘震云在很长时间里可以说到了无以复加的地步。

1987年，刘震云以短篇小说《塔铺》叩开了文坛的大门，紧接着中篇小说《新兵连》又名扬文学界，其后，也就是自1988年至1991年，他的《单位》《头人》《官场》《一地鸡毛》《温故一九四二》《故乡天下黄花》等一系列短、中、长篇小说，犹如一串串拉响的炮仗，热闹非凡地将他推向了中国著名青年小说家的位置。那几年，在小说创作上说是"刘震云年"一点也不过分，因为在文学评论界，他被奉为"新写实"还有"新状态"的最重要的代表人物。总之，大作家刘震云业已名满天下了。此时，即1992年的隆冬，我到北京十里堡农民日报社专程拜访让我倾慕已久的老乡刘震云。当时他正在写长篇《故乡相处流传》，每天清晨从家里起床，到机关自己的办公室伏案创作，该吃早饭时，就在大茶缸里泡一包方便面，上班了，身为文艺部主任的他还要处理诸多公务。在他的玻璃板下，压着他姥姥放大的黑白照片，说起时泪里含着泪。在首都北京，刘震云改用一口纯正地

道的豫北方言跟我说话，让我有一种恍若隔世的感觉，使我这个常年漂泊在外的孩子突然有了一种说不清楚的归属感。也许，正是这一次的相交还有以后多次的通话和见面，我傲慢的以为，任何人都不具备像我这样有资格来评说刘震云，尽管有关他的评论铺天盖地可以汗牛充栋。我通读过刘震云的所有作品，有的是仔细研读过多遍，而且基本上是在或发表或出版的第一时间里阅读。甚至，他在接受媒体采访或上了电视说过什么话，在电影里还客串过一把角色，跟冯小刚、王朔他们怎么地哥们朋友，我都善于乐于关注。

我始终坚信，缅怀或者说情系"故乡"是刘震云小说写作的主要动力和源泉。从他步入文坛到后期的长篇《故乡面和花朵》，几乎有百分之九十五的文字是以故乡为背景的。对于故乡的痴迷与眷恋，他居然冒着有可能要失去市场失去读者的风险和代价，不惜以"故乡"在他所有的三部长篇小说里冠名，这在古今中外文学史上都是十分罕见的。遗憾的是，我不是评论家，否则，我会以此为切入点深入研讨刘震云这种"故乡情绪"在中外文学史上的独特创作现象以及艺术贡献。不过，这一愿望最终有可能只是梦想，因为他们实在没有办法了解和解读我和刘震云的故乡。我们的故乡豫北偏东部是一块沉雄的土地，只要看看延津、浚、汲、汤阴、淇、滑、范等那些带三点水的县名，就知道这里曾经是古黄河的流经之地了，生活在这里的祖辈们聪明中透着愚昧，勤劳中带着乖张，朴实中略有狡黠，憨厚中不失幽默，有些乡村的日常生活记录下来便可以当作小说来读，连骂人吵架斗殴都是可以录入文学作品的。然而近代以来，这个遍地是小说素材的若大地域里一直没有出现过作家。当然，新中国成立后距我家七华里的汲县柳卫村养育了写《铁道游击队》的大作家刘知侠，但他写的不是家乡。1995年我去他村里采访时，街坊邻居说他跑出当兵后留在济南再没回来过。终于，天资睿智的刘震云出现了，他发扬光大了"豫北文化"，将故乡孩子们的"斗心眼"嫁接到了"新兵连"；

"单位"里的那些人和事，他也以一个豫北人的心思去揣摩；姥娘讲的故事；孬舅的动不动"我活埋了你"；"头人"里那些用不同颜色涂抹便于各家识别的小鸡和猪娃；还有村里的"文化大革命"；等等。刘震云就这样一嘟噜一串串地信手拈来了。当然，刘震云能将"故乡"的"鸡毛"和"黄花"还有"面和花朵""相处流传"于"天下"，仰仗于他在北京大学中文系完成了自己的文学储备，然后居高临下回溯曾经遍地流淌着丰饶传说的故乡，勇敢、勤奋而又机警地构筑起一套独属于自己的表现形式和语言体系。这就像历经千辛万苦精益求精地搭出了一个窝巢，"故乡"是鸟卵，刘震云用文学的温度孵化并将其放飞于蓝天。

小议《水浒传》

电视里播放的《水浒传》我没有看，原因当然有时间的缘故，但最关键的因素是我故意不看。我始终觉得名著《水浒传》不怎么好，改编拍摄成电视连续剧就更糟糕。当然，我这么说很伤人，肯定会挨人骂。试想，人家花那么多钱费那么大劲耗那么长时间，好心好意地将这部古典文学名著搬上屏幕，你一句话要将其否定，显然是不负责任的一派胡言。但是，感情不能代表事实，事实是截至目前，被改编的影视剧都逊色于原著。按说，《三国演义》算是名著改编中拍摄得比较成功的一部，然而其中的诸多遗憾也是有目共睹。《水浒传》原著本身有不少问题，所以拍出电视来也一定不大理想，俗话说，没有

好铁打不出好钢嘛。这或许也是几大古典文学名著都早已改编摄制完成，而唯有这一部时至今日才得以"出笼"的原因所在吧。

《水浒传》我通读过两遍，起先是能把方块字念成句子时，后来是有了鉴赏能力有意识地去读。

年少时看《水浒传》，主要是出于猎奇的心理，瞧那一帮绿林好汉、英雄豪杰、武艺高手如何打贪官、杀污吏、雄赳赳气昂昂去"梁山泊"聚义。所以欣赏的精髓，就是打打杀杀、好勇斗狠，因此这才有了"老不看三国、少不看水浒"之说。意思是年轻人看了《水浒传》，就要学坏了变孬了长脾气了，一有不顺心的事或跟谁闹起别扭来，说不定会像花和尚鲁智深、黑旋风李逵、行者武松那样拿刀就砍、举棒就打。可见，在儒家思想作为正宗文化背景的长期统治与熏陶下，本分而又善良的中国人，崇尚的是安分守己、忍辱负重而不是像"梁山好汉"那样性情暴躁得动不动又打又杀、拳脚相向、离家出走。从这一点上看，极具传统意识的祖辈不喜欢《水浒传》也不愿意让后生们喜欢。六百年来，由于《水浒传》打着"替天行道"的旗号，所以大多被历代官府推崇，只是到了清嘉庆年间，出现了白莲教起义，才下令查禁。到了道光六年，统治者又授意绍兴人俞万春写成了一本《荡寇志》（又叫《后水浒传》），捏造了一帮天神将一百零八条梁山好汉全部斩尽杀绝。然而，此举不但没能"正人心、熄邪说"，反而助长了《水浒传》在民间的蔓延和深入人心。老百姓不大过问政治，从《水浒传》中看不出更深的东西，只是茶余饭后、忙里偷闲看看热闹而已。在他们内心深处，始终藏有一对矛盾：欣赏梁山好汉行侠仗义、杀富济贫、反腐肃贪又害怕年轻人学他们变得不守规矩像没有笼套的马驹。事实上，这种担心并不是多余的，抛开政治因素和阶级性，《水浒传》对于普通人来说，其诱惑力和震撼力，主要是靠它的"暴力"，这就如同《三国演义》言"计谋"，《红楼梦》说"情爱"，《西游记》讲"妖怪"一样。的确如此，年少的我当时也是如痴如醉地冲这个"打"字来读《水浒传》的。不信请看：斗杀西门庆、醉打蒋门神、拳打镇关西、大闹飞云浦、血溅鸳鸯楼、三打祝家庄、夜打曾头市……哪一场离开了这个刀光剑影的"打"？我敢断言，像我一般大的同龄人，只要看过《水浒传》，肯定跟我的想法是一样的。

长大成熟以后，才知道《水浒传》有那么多蹊跷事。"文化大革命"期间，宋江成了反面教员，说他"只反贪官，不反皇帝"，搞"修正主义"，是"投降派"，领着众梁山好汉接受"招安"犯了严重的"路线错误"。不只是毛泽东对《水浒传》不满意，其实，鲁迅早在《三闲集》中也曾说过："一部《水浒传》，说得很分明：因为不反对天子，所以大军一到，便受招安，替国家打别的强盗——不'替天行道'的强盗去了，终于还是奴才。"于是就觉得这《水浒传》可不只是"打打杀杀"的故事，还有这么多复杂的政治问题。我重看《水浒传》，看得比较仔细，边看边琢磨事儿。我认为，对待任何文学作品，都不能把故事的背景跨越过时代去联系。宋江不是个贫下中农，他骨子里那种"宁可朝廷负我，我忠心不负朝廷"的"忠君"思想，正是封建王朝所推崇的正统思想；元末明初不是社会主义或者"文化大革命"，要大张旗鼓地鼓励人们"舍得一身剐，敢把皇帝拉下马"。如果将《水浒传》往当前的时代里搬，那么，"武松打虎"不但不是英雄，而是一个偷捕猎杀野生动物的罪犯，该受到法律的严惩。《水浒传》就是记录了一段"官逼民反"的绿林豪侠们仗义疏财的故事，本质上写的不是农民起义，而是一帮游民无产者的"士之骚、士之愤"，其主干仍然是年少时看它的感觉：打打杀杀、热热闹闹。人物虽然众多，但结构非常简单，一个一个挨着说，说完这个说那个。"好汉"们的个性只是从个头、面孔、服饰以及持有的器械、"逼上梁山"的经历上作些区别，其精神"内核"却基本雷同：都在一个"逼"字上，被"逼"得没法儿过了，只好上梁山落草

造反。整个故事的框架及走向，仅此而已地简单。几个主要人物貌似仗义，其实很狭隘，都是泄私愤，图报复，追求"大碗喝酒大块吃肉"，甚至还想"都做个大将军，杀去东京，夺了鸟位"，假如真夺了"鸟位"，他们也得变成高俅、蔡京和童贯。《水浒传》中谁是一号人物？读了两回我都困顿不解，可能算是宋江吧。但他在众"好汉"中却是个最脸谱化的人物，他这个"刀笔小吏"没有什么武功和本事，也没干过比"众弟兄"特别出色的事情，就封他个"及时雨"，让"好汉"们见了他"纳头便拜"，真是平白无故、莫名其妙。此外，宋江还非常虚伪，满口"忠义仁孝"但遇到事上却"不仁"也"不义"，他为了实现"封妻荫子，青史留名"的个人野心而接受"招安"，不听李逵、武松等人的劝说，李逵气得把"圣旨"撕个粉碎，他也置之不理。我觉得，他是以"义"为诱饵，"钓"了一堆傻乎乎的"大鱼"，受宠若惊地去讨好皇帝向皇帝请功领赏了。

总之，在我看来，《水浒传》的思想内涵和艺术价值都有限，甚至还有不少的消极因素，所以，现在改编成的电视连续剧再下功夫，也是比着葫芦画瓢，万变不离其宗。为此，看了不如不看，看了，一定失望，不看，兴许还能保留住从前读书时对众"好汉"们想象中的审美与欣赏。

文学评论家的难处

　　在文学界，评论家的艰难状态要远远大于作家。作家的成长和壮大，主要靠对文学创作发生了兴趣并由此呈现出深深的酷爱，也就是通常所说的"从小"、"自幼"喜欢文学。很多小说家和诗人，基本上是青年时代或者更早时期阅读文学作品读出了滋味，然后自觉转向了写作，因而是个人兴趣和志向使然，这就为其注入了"展示自我"并且"自我加压"的巨大的写作动力。而文学评论家的出现，几乎源于所学专业或者职业的因素，很少听说某评论家是"自幼"喜欢文学评论，大概没人从小喜欢这个枯燥的写作样式吧！所以，我至今不太明白，从事文学评论写作的人是怎么走上这条道路的，是什么原因使他们干起的这件事。也许是职业使然，也许是上大学时学的就是这个专业，于是文学界对文学评论家有"学院派"之说。并且，在文学评论方面有影响或者有建树的人，大都在高校文学院教书或者从事中文或者某些艺术学科的研究并担任这方面的领导和导师。事实表明，很多有成就有影响的文学评论家，文学功力和理论造诣十分了得，我非常佩服和敬仰他们。因此，这就彰显出了作家与评论家很难一起相提并论的两种写作生涯。而两者相比之下，在我看来，评论家要比作家在精神和物质方面付出更多的代价，难处也大得多。

　　作家所占有的基本写作资源是生活或者经历，评论家的主要写作资源则来自于读书、思辨、解析和感悟。生活和经历是有滋有味的，有故事，有人物，有情节，尤其是作家们在写到自己时，能回忆和恢复很多自身经历中的一些场景，用文字来叙述这些故事和场景时，

充满着写作的快感和乐趣。但评论家的"腹稿"中没有这些，他们总是吃别人"嚼过的剩馍"，有时是硬着头皮观看别人制造出来的"风景"，即使自己很感兴趣，也令自己很激动的作品，还要梳理出很多与之相关的"理论"参照来予以"解读"，然后挖空心思"编排"出自己的真知灼见。可见，作家与评论家的写作动力或者说写作"兴奋点"完全是两码事。作家大多是自觉的，评论家大多是被动的，作家的笔下是感性的，评论家的写作则是理性的，作家可以信马由缰，评论家必须思维严谨和缜密，作家可以"编造"和"杜撰"，评论家一定要有"道"有"理"有"论"有"据"，作家是形象思绪，评论家是逻辑思维。因此，在很多时候，我更敬佩评论家的写作姿态，这种沉寂、冷清、极其抽象的闭门思考的姿态是作家难以忍受的。因为小说家的写作"路径"好歹还有个"故事框架"牵引着他们，有形象有色彩，但评论家却要在作家很随便拉扯出的故事里苦思冥想般寻找写作"灵感"，非常枯燥无味和无趣，尽管都会呈现出写作的快乐，但小说家生产出的是"作品"，评论家则只落下个"文章"，连个"作家"也称不上，而所花费的力气，一点都不比小说家少甚至是更大，这似乎有点不太公平。

作家可以一夜成名，一炮打响，而且有很多成名很早，评论家却不能，在文学界也从来没有靠一篇评论文章成为著名评论家的，很年轻就成名的更是凤毛麟角，他们要依靠日积月累、厚积薄发连续、常年不停地写出很多文章发表，才能有点"名头"。也许，文学作品和文学评论是两个"路子"，注定了这样的结局。但是，在我看来，"写小说"与"搞评论"，在某种意义上，前者要比后者更容易些。小说家有"独特"或者"奇特"的故事，编造得差不多"靠谱"，有意思就行了，说不定一家伙就"崛起"了，文坛就升起一颗"新星"了。评论家则不然，要长期积累，要打好功底，要博览群书、学贯中西、通古博今"修炼"成学者和大学问家。不能说天天读书学习吧，差不多要比一般人读很多别人不想读的书才行，而且还要经常及时补充营养，更新知识，才能"集思广益"独树一帜，引领学术前沿。小说家不用下这么大力气，有的不读书只靠"离几次婚"就能写出一部能出版的小说，有错别字句子不通也无大碍，编辑可以给你修改。评论家不能这样，不然人家就会说"你自己还写不好文章，还敢评论别人"。可见，"搞评论"可是件苦差事，能多年间持之以恒"搞评论"的人，而且"搞"得风生水起，特别是那些在文学界有着广泛影响力和知名度的文学评论家，真是太辛苦了，太让人敬佩了，太让人感动了。他们能在评论上"搞"得成了名人，是需要付出多大的辛劳和代价啊。

评论家是清苦的，象征劳动报酬的稿酬要比作家少得多，但所付出的劳动和工作量要比作家多得多。一篇几千字的评论文章，要想写得好，可能也要"磨"个十天半月，尤其是写一些全年盘点式或者全景式扫描某一创作领域里现象的评论文章，要阅读和查阅很多书报刊。有这样的时间，一部中篇小说甚至那些"快手"们一两部长篇都写成了，如果被转载，被改编影视剧，那稿酬是很可观的。作家比评论家的市场广阔，评论的专著出版更是难上加难，对某书某人的评论基本上没人看。当然，有人责怪评论家"收红包"，甚至不读作品也能写出评论，我倒是觉得在有些时候可以理解。几十万字的长篇，有时作家自己都懒得再看了，为什么非要逼评论家看那么认真和仔细？在作品研讨会上，让评论家提前读作品还要发言，那么辛苦，给点"出场费"也是理所当然。另外，评论家好像只能对作品"叫好"，"表扬"，"歌颂"，不然，作家们就不高兴，就对评论家耿耿于怀。这也无可厚非，作家们对自己的作品而言，先别管写得好与赖了，但都是自己生出来的孩子，就是不好也不愿意让人说不好。这样一来，评论家的架势就很难"拿捏"，实话"实说"不太可能，肯定得罪人。我曾亲耳听某位评论家在私下场合说，在会上，当着那么多

人，我只能那样说，其实，这部小说……是啊，人家费这么大力气花那么多钱开这么隆重的研讨会，不是让你来打"横炮"的。如果把这种现象都归咎于评论家的"道德缺失"，实在"言重"了。他们不是不知道也不是不懂得，他们实在是不愿意"打击"和"伤害"作家们的"孩子"。现在，我们对文学评论不甚满意，或者说有很多非议，其实，与其他文艺创作门类比起来，"搞评论"是最辛苦最艰难最不容易的写作领域。他们甘于寂寞，忍受清贫，呕心沥血，笔耕不辍，为文学摇旗呐喊，对作家评功摆好。在各级各类的文学奖项上，搭给他们的平台最少，文学需要他们的时候，我们想起了他们，当不满意的时候，我们就讽刺他们。所以，我们实在应该更多的宽容、理解、关怀他们，在责怪他们的同时，更要看到他们的艰难处境和种种的不容易。

散文写作浅谈

散文的规矩

散文比起其他文学样式或者艺术形式而言，似乎少了些"规矩"，因为散文的特质是要求作者"把心交给读者"（巴金语），所以好的散文不能"矫情"和"作假"。前一段时期人们斥责的"小情绪"或"小女人"散文，现在看来也委实是那一个时期的心态写照；

有人亦在不厌其烦地"怀旧"，是由于我们身边实在是有很多上了年纪的老人；灵魂皈依使人探索语言表述的"交通路径"将其思想容纳，是因为目前出现了一群以新姿态写作散文的年轻人并有同龄人在欣赏。散文作者在写什么，也可能是散文读者所喜欢的，因为作者也是读者中的一部分。在中国从古至今的任何一个时期或者时代，恐怕没有比现在的作者和读者更"富有"散文了。曾几何时，有人论及我国的"散文热"是"虚假"的繁荣，但它"热"得持久，"热"得至今余音不绝，自有其合理性与必然性，这也是国内几家散文期刊比一般综合性文学刊物发行量大的"侥幸"所在。如今，他们虽然在固守着纯文学意义上的散文，但也没有必要完全拒绝一般民众对散文的接纳与认同，我个人不赞成散文有"广义"和"狭义"之分，因为"散文河里没规矩"（铁凝语）。这让我联想到生活或历史是一条河，写小说的、作诗的、搞电视剧的，都带着家伙（具有形式、方法、技巧或技术手段）去这条河里舀水，只有写散文的未拿盛水的器具，可大家又有将水弄走一些的欲望，所以就必须想方设法，这个"想方设法"，就是在寻找"各自的规矩"。从这个意义上来说，没有规矩也就成了最大的规矩。

我们是否能倡导某种"规矩"呢？这种"规矩"，不必刻意追求什么"权威"和"经典"（在这个瞬息万变的信息时代，要做到"权威"是不可能的，事实证明，任何"经典"都要接受历史和时间的检验，也难以界定并最终会受到种种质疑），但似乎应该把握历史或现实的精神走向，使各阶层的作者和读者，在我们的散文中，都能找到"各有所爱"的"萝卜白菜"。既要显示"尊贵"目光高仰，又要当个"平民"视点低沉，这好像是散文刊物办刊中的两全其难。我想，倘若解决这个"难题"，是不是应该重温那句已经被我们不怎么提及的话呢？即读者和作者是编者的上帝！

小说家的散文

也许，小说家的散文更值得让人品评玩味。

常常惊叹铁凝的小说和散文"高人一筹"。稍加审视，便觉得她的"高明"在于她捕捉生活的能力和独特的语言叙述方式。她总是能从平淡庸常的事物中窥视出"不朽"或者"神奇"。一些令常人不大经意的"东西"，倘若叫她信手拈来作成文章，竟有了"意思"和"滋味"。她的小说从《哦，香雪》到《秀色》均是这样，许多散文亦如此。现在，铁凝给我们说她《母亲在公共汽车上的表现》，实在是诉说时代的尴尬，社会的悲哀，是讲述在那种岁月里生活所"扭曲"和"异化"出的千千万万个"母亲"或者千千万万的我们"自己"。对这种"乘车"的"窍门"以及更多的生活"腐蚀"，我们睁着大眼"忽略"了，而铁凝却提示并帮助我们"发现"了，抑或这就是"差别"、"水平"和"层次"吧！可见，"生活不是缺少美，而是缺少发现"。

徐光耀宝刀不老，文如其人，禀性一如电影里的《小兵张嘎》，总是机智风趣，乐观向上。他的文章凝重练达，纵横洒脱，感受与觉悟显得青春而有活力。因此，他"闲来"外出走了一遭，乐哈哈地说这是《全胜之旅》。

陈冲近些年感触颇多，真乃"日有所思夜有所梦"，著文立论常常"语惊四座"，其敏锐的目光，深邃的思想，犀利的文风，可谓"自成一家"，叫人有"耳目一新"之感，他又拟文《近日所思》，亦不同寻常。

何申的散文，如同他的小说写实、真挚、老道、本色、流畅、耐读，洗尽铅华的字里行间，裹着硬邦邦的"骨头"，嚼咂起来"筋筋道道"，有滋有味。

谈歌的小说近年"火暴"，有想法有话说大多"编"个故事"造"个形象做"代言人"，轻易不露"真相"，这次忽然"蹦出来"《随想随说》，着实难能可贵。这"通"一气呵成的"妙论"，貌似"胡侃乱论"，实则属体察多年为人为文的"理性感悟"。他谈古论今，说天道地，言多不嫌篇长，论杂不嫌章乱，将"大思悟"融会贯通于"生活流"里，化繁为简，解涩成俗，不由使人想起叔本华在《人生的智慧》里的一段话："真正的哲学家所探求的永远是明了、清晰，达到像瑞士澄清的湖水一般。相反的，那些假哲学家所使用的词汇在遮盖自己没有思想的缺陷。读者所以看不懂假哲学家的思想系统，实际上是由于假哲学家自己的思想不清楚。"

其他老、中、青三代小说家，也都"厚积薄发"，暂且放下惯常于"虚构"故事"编造"人物的"活计"，跳到另一个"思维层面"展示"自我"，显现平素不多见的"真实"。他（她）们讲经历道思悟，言情感论哲理，谈人生扬真言，不敢说篇篇精彩、字字珠玑，但由于是"偶尔"露一下"峥嵘"，写得也算用心动情，所以可圈可点，可论可评。但限于篇幅，在此就不再赘言。

正因为小说家的散文大多是"偶尔"或"换个脑筋"的"产物"，所以相比较而言显得"精道"和"好读"。另一层考虑，就是觉得优秀的小说家，大都是散文大家，比如鲁迅、林语堂、钱钟书、巴金等。现今鼎立文坛的小说家，其散文与小说创作亦是并驾齐驱、双声夺人。他（她）们的大名和篇什不胜枚举，大家自有明察，可以说是不争的事实。鉴于此，敝刊早有张扬一下"小说家的散文"之意愿，其"目光"也不仅仅局限于我们"河北"。但由于本刊被实力和精力"所役"，现只好依据"燕赵"本土上早已"声蜚文坛"和近期"崭露头角"的小说家"群体崛起"之态势，来他个"就地取材"，先期推出一册"专辑"，算是"鸣锣开道"、"拉旗招将"，以期敬迎全国各地小说家来此"登台献艺"。

"伪散文"三辨

有一些散文，乍一读觉得挺好，然而仔细品味又感到不好。由于这些散文貌似好，又很难鉴别，甚至有些还被一些人"炒"得很热，被奉为"上乘"之作，所以很能迷惑一些人尤其是青年读者，我在这里索性称这类散文为"伪散文"。

此"伪散文"有三种：

一是造。造情绪、造历史、造生活，反正没人深究和查证，于是他们便把那些钻研（或是专门查找）得稍深点儿的学问当作了自己的"研究成果"。你弄点历史文化作背景，写写苏东坡、岳阳楼，我弄点外国文化作背景，写写哥伦布，金字塔。今天把《红楼梦》里的人物拉出来分析一番谈点感受；明天把《三国演义》里诸位请出来亮亮相找点想法；后天揭秘一下张春桥、姚文元的过去。这些事很多人都知道，但有的也很偏，不特意查找书籍记不清楚，于是他们就添油加醋任意"创作"然后加上一些所谓现代人的意识，就好像用最新研制出的强力胶去粘一块破瓦罐。读这类散文，我们仿佛解女人的辫子，抖落开了，是两股，一股是造的历史故事事件或人物命运，一股是造的假模假样的"现代意识观照"。

二是抄。抄不是抄袭，是巧妙地抄前人的东西。这跟"倒书袋子"不同，那种东西太笨了不时兴了，现在流行把历史变成现代的；把名人写过的换个说法变成自己的；把名作佳篇里的闪光点抽出来断章取义，加点油盐酱醋和味精稀释了，然后变成一篇新的文章。有的引用别人的话，后缀小括号，以示自己读书多学识渊博，有的干脆不加，以示是自己独到的见解。天下的好文章这么多，许多人看过有印象，但记不清了，因而对这类散文总觉似曾相识，然而这的确不是抄袭之作。还有的内容空泛，很早就有人写过这种意思，但他给你摆

"深沉"，玩"文采"，耍"贵族气"，生僻的字和自编的词很多，句子亦很长，东侃西扯，拉拉杂杂，虽不知所云，但看着很来劲觉得他这人很有"底蕴"。

三是空。空不是文章空，是思想空。空了用什么办法来弥补呢？用"佛"、"道"、"基督"打补丁玩"玄学"，于是散文"柳暗花明又一村"，便开辟出一个"新天地"来，人和文章突然显得高深起来，言必称"禅"、"我心即佛"，说是大彻大悟了。然而真"彻"真"悟"了吗？非也。如果真悟出了"真谛"，看破了"红尘"，还写什么散文呢？早该遁入空门了。宗教与"玄学"是一门学问，我们不反对去了解或者学习掌握，并且以此诱发创作的灵感。但这类散文，大多是阐释某些宗教的旨意，也就是把"经句"翻译成白话文，同时掺杂点儿个人的小感受小情绪，这无疑是散文创作源泉枯竭的表现。

关于当前散文创作中的一些弊端，一些评论家早就说过许多，由于我读书少，知识贫乏，孤陋寡闻，不知是否提及过上述三种倾向没有。总之，这三种倾向，带有很大的欺骗性，他们都披着"知识"的外衣，给人一种貌似"高深"、"读书多、学问大"的感觉，再加一些人为的"起哄"，就认为这类散文是当今真正的"好散文"或"样板"了。其实，"学问"和创作是两回事，专家可以写出好的散文，但作家不见得人人都是"学问家"。纵观古今中外文学大师，我还没有看出谁是"大学问家"，连提倡作家要"学者型"的王蒙自己也不是"学者型"。文艺创作者应该是"杂家"，什么都懂点儿但不必事事精通，曹雪芹就是这样，否则他写不出不朽之作。我们读好的作品是在欣赏艺术，并不是看历史科技文化知识或山川大河的名胜简介，所以，这类散文除"捡"来"拼凑"的东西外，并没有自己的多少真玩意儿，有的只是乱人耳目的"手法"和"技巧"，而好的散文，恰恰看不出章法和技巧。几年以前，我和小说家刘震云交谈的时候，问

他怎么才能写出好的作品，他不假思索说："写你认为最感动的终生难忘的。"这句话，一直指导我自己的创作，而且从中获益匪浅。他的意思，就是要"用心"去写，写小说有技法，有可操作性，须考虑"怎么写"，倘要如此"用心"，而散文写作的技术性不甚重要，更应该"用心"去写。只要"用心"到了，不但能写出好的文章，而且还能干成其他大的事情。

写"好散文"不容易

由于工作的关系，我这两年迫不得已阅读了大量散文。读多了，就渐渐有了一些想法。

我一直不大喜欢散文，这并不是因为散文这种形式不好或没有好的散文。在我看来，事情恰恰相反，正由于散文这种独特的艺术形式和我国从古至今代代作家创作出的诸多散文名作，才使得我敬畏得有点儿不敢上前。这就像一个风姿绰约的女子，由于她太美丽了，让人崇拜得不敢有非分之想，只有站在远处偷偷窥视。向往久矣而又亲近不得，渐渐地就不喜欢这种东西了。因为再疯狂追慕下去是自讨没趣。此美艳的"东西"不是我等形秽之辈所追求得到或能够享用的。所以，我想有自知之明的人，最好退避三舍另择其爱。我大概就是因为"自惭形秽"而才不敢去喜欢散文的这类人。于是，在我迷恋文学创作时我选择了小说。小说可以编故事，篇幅长一些，文字有一个伸缩的空间，为求艺术真实可以想象虚构，能塑造出一个形象承载你的想法。这些人物或想法，可以是自己的也可以是别人的，还可以将诸多人像"合并同类项"那样综合起来归到一起阐释。但好的散文却不能这样，好的散文必须是自己的或者是从自己的真心里流露出来，是

自己生命的真实体验，编不得造不得虚不得假不得，否则的话，散文
也是散文，但不是好的散文。既不是好的散文，为什么要写呢？不写
就不写，要写就要写好的散文。像张家港人那样的气概：要盖就盖最
高的楼，要修就修最宽的路。因此，一个人的散文不可能也没必要写
得太多，太多就掺水分，就少激情，就乏真挚，就露了做作和编造的
痕迹。从前，我对我们《散文百家》主编规定名家的散文每年最多在
本刊上发两篇不大理解，仅仅觉得这只是把握住熟面孔不得反复出现
的问题。现在想来，另一个更重要的问题却是，即便是名家，一年能
写两篇好散文，也是不容易的。和一些朋友或作家谈起来，都说散文
难写，悟出个新感受实在不容易，但与其相悖的事实却又令人吃惊：
现在散文满天飞。在这里，我觉得应时性的专栏散文或快餐式散文，
不算真正意义上的散文，这些文章的形成，更像工业化流水线上的消
费性"产品"。一个人，怎么有那么多真正的幸福与痛苦、兴奋与悲
伤呢？怎么能有那么多真正的人生感悟呢？即使真的"有病"，也不
能"天天呻吟"啊。否则，倒是真的该去医院看看了。"无病呻吟"
者太多，或许正是一些评论家对当前散文现状不满的原因之一吧。恐
怕，少谙文学的人，都不会否认这样一个事实：有许多好的散文，不
是专事散文创作的人写的，而偏偏是出自一些职业小说家或诗人之
手。这是为何呢？仔细想来道理很简单，这些小说家或诗人在创作
之余偶尔为之，将生活中体验最深的那些碎烂于心的东西漫不经心地
娓娓写出，所以很棒很好很有味儿。相反，专事写散文的人写出的作
品，也有好的，但少。我不止在一个场合，听铁凝谈对散文的看法，
她说散文是世界上最难驾驭的文体，向她约稿，她只说"哎呀，这可
不是说写就能写的，得好好想想，我写散文，一点儿不敢轻率，正因
为散文没有技巧，随意性大，所以才不好写。"作家们如果都以铁凝
的这种极其严肃的态度去写散文，别把散文当作雕虫小技，啥时高兴
了或不高兴了，一抬头看见什么了，就想发泄着写出来叫人看，散文

创作是不是就会有点儿意思了呢？散文更需要厚积薄发，更需要生命的积淀，因此，我觉得，专事以散文创作的作家越少越好。散文以它自由随意恬淡的文体，不仅仅适应于作家去写，同时更适应工农商学或有特殊技能的人去任意操作，这种认识，已被近几年散文读者和作者越来越多的现象所佐证。

什么是"好散文"

常有一些作者来信，要求给他们推荐该读谁的散文，怎样才能写出好散文，因此，这就涉及一个什么是"好散文"的问题。其实，这个问题很复杂也难以说清，所以聪明人或评论家根本不去阐释它。好在我不搞散文评论，不依别人"创造"的理论作参照系，无甚权威性，只是凭一个普通读者的个人感受谈点看法，虽不失片面性但也该算是一种声音。我以为，好散文可以是一段故事、一种过程、一个感受、一缕情绪，也可以是一阵梦呓或一顿疯狂的发泄，记事读书、煮茶忆人、家常里短、歌咏颂叹、针砭时弊均能入文，可谓"嬉笑怒骂皆文章"，文体可以"是那样的旧而又这样的新（周作人语）"。或美文，或随笔，或小品，或絮语，或土得掉泥疙瘩，或洋得佶倔聱牙，或不土不洋四不像，也就是你想说什么就叫他穿什么衣裳讲什么话，但不能作假，必须是"自己的"东西，这就是创作的"个性"。散文是自由的，不羁的，但具体操作起来又是具有"个性"的。这便是通常说的不用看名字只读文章就知道是谁写的，一如"艺术创作"的共同特性。失去这个，也就失去了写出好散文的基础。不必摒弃可读性极强的故事和用方言土语叠成的情趣，不必排斥云山雾罩侃来理性极强的阔论或玲珑雅致的美文，也不必蔑视关注边缘缝隙释放被压抑的无意识欲望的情趣和兴味。"土"有土的味道，"洋"有洋的好处，阳春白雪，下里巴人，兼收并蓄，相得益彰。在这方面，我觉得《散文百家》做得较好，她像一个拼盘，也像一锅大烩菜，将萝卜白菜粉条和山珍海味融会在一起，每期把各具特色的散文汇集在对应的"随笔"、"人生风景线"、"万家灯火"、"烛窗心影"、"民间情绪"、"美的园林"、"千字文"等栏目下，使不同层次读者均找到了合乎于自己口味的文章。据说，此刊近几年发行量剧增，恐怕这是一个很重要的原因。他们近年来张扬"平民散文"，为此浪波老师还在第六期"卷首语"中特意撰写了《平民散文说》专稿，呼唤以"平民之心，芸芸众生普通百姓之心"写"不矫饰，不煽情，亲切真纯，朴素实在"的散文。同时，又以"烛窗心影"很空灵的命名做固定栏目，在第十一期借"编者按"的形式，提倡理性色彩较浓的"新散文"意识，引导知识界"失语"期试图寻找新的语言载体表现内心世界与新时代对话的尝试。这一"土"一"洋"，泾渭分明，都恰恰抓住了散文不拘形式和文体这种独特的、使各色人等都乐于接受的艺术特质，所以，好散文并不以题材或文的"土"、"洋"来分。

第五辑

印象与片断

弯镰刀与弯的腰

　　说起镰刀，人们的意识里，会立刻浮现出那仿佛一牙儿弯月似的东西。尤其是党旗上那把象征中国农民的镰刀图案，更是夸张般弯曲得不像镰刀了。然而，从来没人认为此物不是镰刀，镰刀似乎原本就是弯的，不弯的才不是镰刀。其实，只要是见过镰刀的人，都知道镰刀本来并不是弯的，真弯了刀刃就不好使唤了，农民们或稍有些农业常识的人都应该懂得这一点。那么，为什么人们都在默认或者乐于接受这种不大真实的"弯弯镰刀"呢？现在我想，可能是农民长年累月刈杀农作物，久而久之将锋口磨得凹陷进去了，于是，镰刀和使用镰刀的人一同成了"弯腰"。如此以为，仍有许多的想象成分，因为"镰刀弯弯"需要经历"过程"，就像"铁棒磨成针"那样。所以，人们喜欢或者认定"弯弯的镰刀"，是接纳镰刀变弯的"过程"，而这个"过程"，又是农民们操作完成的。因此，同理可证，人们默认"弯弯的镰刀"，是默认农民的艰苦劳动。

　　弯弯的镰刀走上了党旗，等于是农民走上了党旗。

　　将弯弯的镰刀比作中国农民而不以别的农具来象征，譬如铁锨、锄头、犁铧，我想是大有讲究或者深意的。很久以来，镰刀是收割农作物唯一的农具，也是全国各地使用最广泛的农具。南方的水稻甘蔗，北方的小麦玉米，无论高粱大豆，还是谷子芝麻，都必须在镰刀的挥舞下"禾满场、粮满仓"。该收麦子了或秋天到了，田野里一派金黄，芬芳的禾香伴着温馨的熏风满村子荡漾，醉了人，喜了心，村街里排空就传出一声欢畅而悠扬的吆喝："开镰喽——开镰喽——"于是，从家家户户的院落里，便泛出一片此起彼伏的"嚯嚯"的磨镰声。童年在故乡时，我蹲在爷爷身边，看他朝磨刀石上不停地洒水，极富耐心地将那把生锈的镰刀磨砺得光洁如鉴，并且时不时用大拇指小心翼翼刮着刀锋，又闭气敛声地伸过耳朵聆听大拇指与刀锋刮试时所发出的声音，以判断刀刃的锋利程度或者是否已经磨得恰到好处。就在这时候，我发现镰刀的刃面稍微有了些弧度，便惊叫起来："爷爷，这镰刀有点儿弯了！"爷爷说："出力出的，磨一回，弯一回，等明年开镰前王铁匠来了，咱再去重打一打，今年就不了，还能凑合使一茬。"庄稼地里都是弯着腰的乡亲，他们在"蓝天金地之间/紫铜色的臂膀/挥动着//夜色擦亮的弯月/泰山石磨砺的镰刀/割着一束束压手腕的阳光"（刘小放诗集《大地之子》，第83页）。不是镰刀出力出得才弯了，是爷爷和农民们的弯腰使弯了镰刀。只有农民一年复一年地，一代复一代地弯着腰劳作，镰刀才一丝复一丝，一毫复一毫地磨损得弯曲，也只有弯弯的镰刀，才配得上代表中国人民仪表堂堂地矗立在鲜红的党旗上。

钢铁硬吗，但钢铁做成的镰刀，终于没有硬过农民的坚韧和艰辛。还有钢铁做成犁铧、铁锨、锄头、镢头、铲子、铁镐、耙齿等农具，也没有硬过农民年年汗水的打磨。"这个近五十岁的人，弯着水蛇腰。他捎的镢头和铁锨，也是很滑稽的。方形的铁锨，底边变成了圆形，磨掉了三分之一，镢头几乎磨掉了将近一半，剩下的像个老女人的小脚。镢头和铁锨的木柄，也被他的手磨得凹凸不平了"（柳青：《创业史》第1部，第80页）。"那锄杠磨得两头粗，中间细，你就是专意用油漆，也漆不成这么光滑。那锄板也使秃了，薄薄的，

小小的，像一把铲子，又像一把韭菜刀子。主人为它付出了多少辛苦，流了多少汗水呀！"（浩然：《艳阳天》，第125页）农民种地一天也离不开的农具，就像现在一定级别的官员一天也离不开坐的轿车那样。官员们坐的轿车旧的要换新的，甚至将普通的换成高档的，可农民"土里刨食"的镢头、铁锹、锄头用成了那样，镰刀弯成了月牙儿，也舍不得换个新的。他们宁愿多弯几次腰，多费几下力气，多流几滴汗水，也不愿意多花一分钱。这就是中国农民的禀性：因贫穷而省俭，但嘴上又不说贫穷和省俭。当那个锄头或者镰刀磨损得不能再使你建议他换一个时，他往往会说："我不是不换新的，是他跟了我多少年了，我们对脾气，可不能扔了。"也许，这里真的是个感情问题，而不是因经济而吝啬。

这些年，我去过不少的地方，无论是华北平原还是黄土高坡，无论是长江流域还是珠江三角洲，在中国的广大乡村，我总是能看见许多后脑与后脖间有着一道道深刻皱褶的农民。他们大都上了年纪，弓腰，驼背，走道时后脖上疙疙瘩瘩纵横着随之起伏，像犁铧正在翻耕层层的泥土。很久以来，我都困惑地思考，老农们的皱纹，不但前面的脸上有，怎么还长到后面的脖子上这么多呢？现在，我忽然悟彻了，原来，他们一辈子都在田里弯着腰劳作，而劳作时，又要不时地抬头，于是，历史的沧桑便将后脖子雕琢成那个样子了。他们弯着腰的样子，多么像党旗上那个弯弯的镰刀，而仰起头的样子，又多么像那个镰刀的一点点把头儿啊！

乡村老大院

　　起居、饮食、服饰与交通，构成了人类生存的四大要素。远古时候，人类只是在树巢或洞穴里栖身，到了新石器时代，才开始在固定的地方建造房屋。中国的居室建筑大体是通过从巢居到地面和从穴居到地面的两条发展途径，最后创造了有基础、有墙壁、有屋顶三大部分结构的地面建筑。伴随居室的诞生，与之相呼应的，便是地面上形形色色的建筑。于是，在极为漫长的岁月时空里，中华民族渐渐形成了自己独特的建筑历史与建筑文化。当我登上八达岭长城极目远眺的时候，我惊叹古人的伟大；当我徜徉在北京故宫的时候，我太息先辈的神奇；当我仰视着天安门的时候，我感慨祖宗的智慧；阿房宫、孔雀台、岳阳楼、景州塔、陶然亭等，无不展示着中国古典式建筑艺术的杰出与不朽，并负载着蕴含着丰厚的民族文化内涵而成为名胜古迹。

　　中国的建筑史或建筑学博大而精深，历代园林宫殿寺庙亭台楼阁塔桥如同恒河沙数，其"幅员辽阔，山川壮丽，文化古老，历史悠久，名胜古迹，美不胜收"（见《中国名胜词典》出版前言），令我们的文字与思想都难以穷尽。因此，我的笔触与思维在这里稍稍作一下游离，就我所考察到或者所认识到所思考到的有关中国建筑历史与文化的一个侧面——乡村的旧式豪华庄园——予以关注。

　　在我童年的记忆里，最早知道民间有着豪华庭院或者大院的是刘文彩的《收租院》，这是语文课本中一篇课文的题目，开头就曰："四川省大邑县有个大恶霸地主叫刘文彩。"说他每顿喝人奶，家里

如何奢华气派，如何花天酒地，大斗收租，小斗放债，大秤入，小秤出，稍有不服便关入"水牢"，真乃"四方土地都姓刘，千家万户血泪仇"。我没有经历过万恶的旧社会，不知道富人对穷人的剥削是什么样子，只能从村中长辈嘴里或者在书本上知道"朱门酒肉臭，路有冻死骨"。当时，除了痛恨刘文彩之外，还真有点羡慕他和他家的"好过"。因为，在我们家乡这一带，还没有地主们像刘文彩家那样阔绰，他们的富足充起量不过有一栋青砖大瓦房的四合院，所以，他们上不了语文课本，而上了语文课本的刘家大院，到底会是什么样子呢？这个问号，多年来一直萦绕和盘桓于我的心底。

1999年5月间，我有幸到四川参加一个散文笔会，中途在成都作短暂停留时，四川电视台的朋友陪同我们，专程驱车来到了位于大邑县安仁镇的刘文彩"地主庄园"。

在这之前的几年里，由于小说创作的需要，我曾在民间考察过诸多旧式庭院，总体感觉是，大江南北，长城内外遍地的民居，一般均是对称式的布局和封闭式的外观。这种起源于秦汉时期的廊院制住宅，经隋唐演变，到宋代已成定式，为我国广大地区的各族人民所采用。无论是山区，还是平川，无论是高原，还是水乡，我们目及所处的，几乎都是那种严谨整齐夯实的宅落毗连的一栋栋庭院，而北京四合院，成为这种住宅形式的典型代表。在江苏著名的水乡周庄，我看见俗称"沈厅"的沈万三庄园，与山西祁县的乔家大院和灵石县的王家大院相提并论，就像看见父母生养的儿女，一律的青砖黑瓦，一律的飞檐斗拱，一律的雕花门楼，一律的天井重重，一律的四合院套四合院，一律的深宅大院，一律的规规矩矩。所不同的，是北方的乔家或王家大院更宏伟，更威严，更壮观了些。比如，乔家大院由313间房子组成了20个小院6个大院，而"沈厅"才100多间房屋7进5门楼，在规模上仅占乔家的三分之一，"沈厅"和乔家大院分别始建于1742年和1755年，相差15年，一南一北，远隔千山万水，庭院那诸多"一律"的近似，是中国传统建筑文化及儒家思想所倡导的"中和"、"含蓄"的美学观念和尊卑有序等级观念的体现，或者说是乔家与沈家的不谋而合，而那些"不同"，则是性情修养、地域风俗、生活习惯的差异，前者庄重、雄浑、博大、淳朴，后者自由、轻巧、灵透、秀逸。其实，即使是客家人的土楼住宅，也是四合院的改造或者变异，比如它也是梁木瓦楼结构，中央也是一个天井院子，居室外面也有回廊围绕。闽贵川的土楼有圆形和方形，方形的外面也是厚厚的墙壁包围着，类似于城堡。关于客家土楼的来历，据说目前的学术界意见尚不一致，有的认为是从闽南人那里模仿来的，有的认为是客家人自己创造的；有的认为它的根是远古时代的仰韶文化，有的认为渊源于魏晋南北朝时代的"坞堡"。"坞堡"是当时北方豪强大地主割据的产物，由于整个大族的举族举家南迁而传到南方，便日益演变成了客家土楼住宅。我相信后者，这只要看看位于河南巩义市西北3公里的"康百万"庄园，还有河北邢台市西北15公里的"田麻痒"庄园，就理解它们的文化是怎样的一脉相承了。康氏庄园依山就势，居高临下，靠崖筑窑洞，四周修寨堡，是18、19世纪华北黄土高原封建堡垒式建筑的代表。田氏庄园垛口林立，枪眼密布，围墙高达5米，唯一的正门通道上建有"保卫楼"，步入通道才能进入各个小院落，真可谓"一夫当关，万夫莫开"，占地5800平方米的庄园犹如一个戒备森严的古堡。北方的这种古堡式庄园与南方的客家土楼相比，是秦汉以来廊院制住宅随时代生活嬗变而分化出的两大走势：客家人迁徙异乡，需要精诚团结，提高防范意识，因此就在原有基础上，改建成为更为高大严密，便于群聚的土楼。而本土人，则改造成了堡垒式的四合院组合体，诸如上面提及的"沈厅"、乔家和王家大院。可见，无论南北民间的深宅大院如何推陈出新，千变万化，但万变不离其宗，它是中华民族伦理学、民俗学、建筑学的历史缩影，

是人类最为亲近的一种背景文化，是凝固于时间之河的多重性艺术。正如雨果在《巴黎圣母院》中写道："人类没有任何一种重要的思想不被建筑艺术写在石头上。"

在刘文彩的"地主庄园"，我的这种感觉得到了进一步的证实。

漫步在昔日这个"臭名远扬"的地方，我的感情已过滤掉了政治或者阶级的浓重色彩，因为时代不同了。如今，我的目光与游历过的民间宅院衔接，纯粹从建筑的角度，以期寻求此与彼之间的契合点。的确，站在乡村的角度来审视，"地主庄园"可能要算中国乡村最有特色也最为豪华的庄园了，而且，它中和了南北民间大院的特点与布局，威严中不失灵秀，沉重中透着活泼。比如它的几道大门口，仿西洋式建制，但格局却是中国传统的。内部房屋俨然是北方的四合院结构，但较之乔家王家大院和康氏田氏庄园要小巧得多，而跟"沈厅"、"张厅"很近似。它的整体不规则多边形以及内部的布局零乱，是乡间宅院不多见的，佐证着主人多年间抢占民宅的不间断营造之必然。该庄园新旧两处，建筑面积21万平方米，内有27个天井，3个花园180余间房屋，规模不及乔家王家大院，因为乔家王家大院前后建设200余年，而"地主庄园"，才修筑了短短的10余年，但比占地才2000多平方米的江南的"沈厅"要大得多。假如不是时代的原因，刘文彩的子孙后代一直将庄园筑造下去，肯定在各方面都要成为世界之最。

纵观中国乡村豪宅大院的兴起，无一不是主人在那个动荡的社会里，靠聪明和胆识发迹以后，才返回来在家乡大兴土木的。乔家的族上清乾隆年间在绥远省（今内蒙古自治区包头市）经营粮油店；王家的先人是卖豆腐的；沈万三起初做小买卖；"康百万"靠贩盐起家；"田麻痒"为走乡串街的卖油郎；刘文彩的父亲是一个才有30多亩土地兼营烧酒作坊的小地主。这些祖祖辈辈生活在偏僻小镇上的"乡巴佬"暴富以后，购田置地，造房盖屋，当时目的可能只不过是营造个

"安乐窝"在村人面前或社会上"摆显"以光宗耀祖，但不经意间，就给后世留下了弥足珍贵的文化遗产，就像孔子想不到曲阜人甚至山东人会千秋万代"吃"他的"孔府"、"孔林"和"孔庙"一样。当我在周庄连着几天都在吃名菜"万三肘子"的时候，我想到的是历史风烟落定之后捎给周庄人的财富；当我审视着乔家和王家大院的时候，我看到了每块砖瓦上刻满了一代"晋商"的崛起；当我听着田家后代田修身跟我历数他爷爷创业的故事的时候，我闻到了民国年间中国建筑文化的轻声叹息；当我在"地主庄园"浏览的时候，我才真正懂得"罪恶"也是有价值的。"富可敌国"的沈万三被朱元璋流放云南，"金融大亨"的乔家大院的后代提着"大红灯笼"作鸟兽散，"土皇帝川西王"刘文彩被进军西南的解放军吓死在成都。不死的或者说新生的，是他们那些矗在乡间的巍峨壮丽的院落，这些贬褒杂陈、饱经沧桑的院落，从前富饶着这块土地，现在依然，并且演绎成炙手可热的旅游胜地，尽管摆满文化与风情的砖瓦排陈在他们的"剥削"或者"恶贯满盈"上。

在四川，在大邑，在安仁，一路上没听到有人痛恨或咒骂刘文彩，反而细数着他从前的种种好处，说他办学校，为抗日捐款，安仁镇的镇长在给我们讲述"水牢"时，还说这都是"文化大革命"期间编造的，从前是个仓库，为了"宣传"的需要，才给他安了这么个"罪证"。这消解了我从前学习《收租院》时的误导，心目中留下的，只有刘文彩在他弟弟、四川军阀刘文辉的支持下，倒卖贩运鸦片得以发家的事实。如果不是为此，刘文辉兴许会像乔家王家大院的主人一样，成为中国举世闻名的"晋商"。因此，"万三肘子"、"万三蹄"可以当作周庄的特产卖，"地主家酒"却不得生产，乔家大院可以让电影《大红灯笼高高挂》大红大紫，名扬海内外，"收租院"能孕育出著名的雕塑家，其作品的复制件可以在日本、越南、加拿大等国家引起轰动，但却不能大张旗鼓地张扬，这是刘文彩赐予我

们的创作源泉，或者说是"阶级斗争"斗出的灵感。在河北的田氏庄园，田家在村中唯一的后人悲哀地对我说，他爷爷在外面的城里开洋布庄和杂货铺挣钱，拿钱在村里盖了50多间"义学"，让周围4个村子的孩子免费在这里读书，灾荒年为百姓放粮，给八路军送枪送粮送盐，可一解放，就把他家赶出了大院，家里的人四处逃亡，他和母亲住在村南的破庙里，大宅院分给了6户村民直到现在仍被他们烟熏火燎。他愤愤不平地说，直到现在，我也想不通，我们田家到底有什么罪？我望着田氏庄园斑驳褪色的"忠厚家风"匾额，看看当年的"义学"如今仍是村办小学时，感慨地说，就凭留下的这片大庄园，田家便是有功之臣！

罗丹在评述巴黎圣母院时说："整个我们的法国就凝聚在这座大教堂里，正像整个希腊凝聚在帕提侬神庙中一样。"《西洋艺术史》也这么认为："当我们想起过去的伟大文明时，我们有一种习惯，就是应用看得见有纪念性的建筑作为每个文明的独特象征。"中国民间或者说中国乡村的豪门宅院，凝固着中国乡间亘古的历史与文化，它承前启后，追昔抚今，让我们沉思着如何结构未来。刘文彩、沈万三、乔家、王家、康家、田家，无疑是创造"有纪念性的建筑"的杰出代表，亦是"文明"独特象征的缔造者，就像秦始皇用累累白骨修筑了长城一样。

|印象与片断|

南湖

说唐山的"南湖"胜似江南，真是有点太俗了，所以我们最好还是不说。我们知道"柔情与美丽"并不是唐山的优势，唐山传统意义上的文化与资源地标是煤炭、钢铁、装备制造和陶瓷，号称"近代工业的摇篮"。也许，正是这种沉重、冰冷、寂寞、机械的物产，让现在的唐山人突然意识到了什么，幻想起了革命、改变、更迭和创新，并毅然决然地将"幻想"变成了现实，从此成为唐山人从来没有过的自豪和倨傲——"去我们的南湖看看！"扩湖工程、环城水系、遗址公园、环湖景观大道、封山绿化、开滦国家矿山公园、市民中心、工人文化宫、南湖美食城、高档住宅楼、写字楼、五星级大酒店、高科技装备制造产业园、动漫基地和平房改现代化楼房等项目陆续建成。在短短的几年时间里，"南湖生态城"彰显出一个崭新文化元素的构成，尽管没有完全取代原有的豪迈与威风凛凛，但铁塔似的硬汉子，臂弯里却挽起了静谧的洋溢和鲜丽的花束。这就是唐山的南湖，壮美中添置出的优美，阳刚中铸造出的阴柔，气概和力量里萦绕着一缕缕的温情脉脉，这就叫以人为本的和谐。

曹妃甸

曹妃哪里去了？也许下海了，也许上天了。她没有等到李世民，却等到了李世民的后代。昔日的荒甸和寂寥的滩涂，一个不足四平方公里的小沙岛，如今车水马龙、人声鼎沸，几乎在一夜之间靠填海涨大了四十倍。在这里，我们看到了嘈杂与忙乱，但嘈中不杂，忙中不乱，港口大塔吊惊飞的海鸥，也在有秩序地飞翔。有多少家企业，多少公司，多少单位，蜂拥而至原本不毛之地的曹妃甸，并像切豆腐一样在这里一块块地割下来"跑马圈地"一般据为己有？"酒好不怕巷子深"，曹妃甸的天然良港，是独具慧眼的智者才最终定夺下来并引来千军万马"战犹酣"的，尽管这一"梦幻"结构了很多年，甚至连孙中山也只是敢想而不敢为之。渤海湾的宁静被喧嚣取代，多年的荒芜将会嬗变为沸腾的富贵仿佛洋面般宽广。曹妃娘娘感动之余，披一抹素雅的唐装悄然离去，但她没有走远，就在沸沸扬扬的海面上沉浮，就在红红火火的天空上翱翔，俯瞰着沧海桑田的陌生与巨变。曹妃甸，以一个美貌多情、深得皇上喜爱的女子而命名的地方，正在世界范围内相互流传着新的旷世故事和民间传说。

青山关

在迁西的青山关，我们见到了原汁原味的明代长城，一段一段地铺陈在荒山野岭上，无头无尾地蜿蜒，随随便便地颓圮。城墙坍塌成了年轮，歪歪斜斜躺在山脊上、草丛里，稍显孤苦的丈量着蹉跎岁月；原本整齐的砌物，有的滩泄成了烂砖、碎石和瓦砾，在莽苍起伏的大山之巅仿佛嵌入着一串串省略号；驼峰般的烽火台上枯草凄凄，原本坚固的青砖和石料风化得犹如蜂窝一般，台内的瞭望口和炮孔，原本的拱形台口几乎废墟成了不规则的人形，退远瞭望去，恰如一个个士兵在书写惊叹号。我不知道，如今他们的后嗣们，该在这里省略什么，感叹什么？这是我从没有见过和遐想过的。长城的开始之地山海关、收尾之处嘉峪关，还有著名的八达岭、居庸关我都游历过，那是今人修葺过的长城，像是打了新补丁的旧棉袄，也像是观摩插入卡通片的老电影，总是让人不忍卒读、如鲠在喉，且思绪平庸，没有感觉。夜间宿在几百年前戍边将士的营房里，久久难眠，似乎有守关将士和战马在青山关呼啸嘶鸣。这就是青山关长城，原始的面目，每块青砖上都镌刻着记忆，弥漫着烟火，让我们轻易触摸和穿越金戈铁马的历史。

评剧

恐怕，在所有的地方方言中，尤其是北方方言里，唐山话算是相当独特的一种了。唐山人一说话，就知道是唐山人：快、急、委婉，也就是通常说的拐弯多，虚词特别多。如果有几个要好的女人碰到一起聊天，就更显精彩，你没说完，她就抢着说，一串一串，又快又急，还以为她们是在吵架，热闹得很，亲切得很，真是像是唱戏，于是耳边就不由自主响起了评剧的曲调。确信唐山人说话就是在唱评剧，也终于明白评剧为什么发源于唐山这个地方了。喜欢尽管不是唐山籍的著名演员赵丽蓉，完全是因为她演小品时说的一口唐山话。如果她不说唐山话，我们真不知道还有没有她和她的小品"走红"。姜文是我最喜欢的中国演员，我对他的评价是演戏有"力度"，这力度体现在冷幽默和侠骨豪

放上，甚至一抹眼风一个细的动作都可以淋漓尽致地体现出来，这是任何演员不能比拟的。很久以来，我并不知道他是唐山人，知道后我才突然明白和顿悟：哦，原来这就是唐山的文化基因和水土滋生泡养出来的啊！评剧起源于唐山话，唐山话里蕴藏着幽默和豪放。

大地震

如果说"灾难也是一笔可贵的财富"，那么"大地震"就是唐山的财富。没有大地震，就没有唐山"公而忘私、患难与共、百折不挠、勇往直前"的抗震精神，也就没有"感恩、博爱、开放、超越"的新唐山人文精神。俗话说："千金易得，一心难求。"道的就是精神的可贵。大地震让唐山人失去了生命和财富，但却重生或者说再造了精神、意志和信念，从这个意义上说，唐山人才真正"凤凰涅槃"大放出了今日之异彩。在师大上学期间，我们面对唐山的同学，是只字不敢提地震的，因为他们家家都失去了亲人，那是他们永远的痛，这痛在日后又成为他们格外的珍惜和不止的进步，还有待人待物的格外亲切与多情。于是，也就有了今日唐山那惊人的崛起。远不是电影《唐山大地震》所表现的那种外表的震撼而内容的苍白和虚假：两个孩子必须救一个，被救的失去了一只胳膊，没救的却奇迹般毫发无损；男孩下海办小公司稍显狼狈，女孩上大学未婚先孕嫁了一个可以当父亲的老外。这就是幸存下来的唐山人的命运和人生吗？真让人惋惜和叹息。我深深懂得，艺术是虚构的，植入什么内容不重要，重要的是唐山只是想买这个电影片名，非常成功且哗众取宠地换了一个进一步"名扬四海"的地标符号，但远远不是唐山大地震的"余震"所凝聚出的博大的精神实质，还有那宽广的文化内涵。

|塔子峪的手工艺|

四匹缯

曾经，我们是那样羡慕"洋布"。"洋布"，其实就是机器织的布，那是西方工业革命带来中国各地纺织厂林立的产物，布料细密而光滑。当时最流行且家喻户晓的，要算是"的确良"了，从此成为人造合成纤维（化纤、尼龙、腈纶）取代天然纺织物的开端，改变了中国几千年来以"棉、丝、麻"等动植物纤维纺织成料的传统服饰结构，且变换花样流行于今。但是，现在在塔子峪村，这个位于邢台沙河市白塔镇西北二十余里处太行山东麓丘陵地带的一个偏僻的小村庄里，我们仿佛回到了20世纪50年代或者更为久远。一架古朴笨拙的木质织布机，"咔嚓"、"咣当"有节律而循环地响着，像是无休止地吟唱着委婉悠扬的经年歌谣。一个四十四岁的中年女人，端坐在织布机上，清秀的脸庞上稍带着羞赧，熟练地飞梭穿线。中年女人名叫范用勤，她说，她一天能织十来米老粗布，可以挣到五十来块钱，一年下来，能收入近两万元呢。我们惊讶了，老粗布，这个曾经被时代所淘汰，被"洋布"所取代的布匹或者说纺织品，为什么重放异彩，为什么重新回归到了我们久远的记忆之中？范用勤织造的是四匹缯布，所谓四匹缯，就是指分辨经线的格式是四条，即四个穿过纬线的梭子，梭子里带着四种颜色的经线，经线与纬线交织出五颜六色的图案。缯数越多，织就的彩色图案便越复杂多变，越精美细致，有二匹

绡、四匹绡、六匹绡、八匹绡、十匹绡以上甚至更多。四匹绡布是清初传入白塔镇塔子峪村的，这种纯手工的棉布提花纺织技艺，随着"洋布"和印花技术的出现，几百年来不但没有消失与绝迹，反而火热和兴盛起来。望着织布机上范用勤脚踏蹬板，手飞线梭那轻快而娴熟的样子，我有点困惑地问，你织的这些布，保证都能卖出去？她笑吟吟地说，不用卖，有人来收，我连门都不用出。我又问，谁来收？她不假思索地说，俺邻家段晚林呀！四匹绡布，几年前已被列入省级非物质文化遗产名录保护项目。

女人

在塔子峪，范用勤的优雅状态，只是众多女人中一个普通的代表。该村共有八百多位女人从事类似于四匹绡布的手工艺生产，在全村两千二百口人中，占到三分之一还要多。这是一个惊人的数字，佐证着如今这些"留守女人"们事业上的兴旺与辉煌，还有生活的幸福和日子的充实。男人外出打工了，孩子在外地求学，她们不但不寂寞，不无聊，反而活得滋润而有意义。她们不说自己是在干活，是在劳动，说是"在玩儿"，"玩儿着"高高兴兴、开开心心捎带着就把钱挣了。范用勤的丈夫段月增，在邯郸一家造纸厂打工，一月能挣两千多元，女儿在青岛上大学，今年暑假回到村子在家"玩着"刺绣十字绣，挣了两千多，家有十亩地，收入也在八千元左右，这样一年下来，全家收入近五万元呢。所以，范用勤满足地说，我根本没有发愁的事，现在的农村，可比城里好多了。塔子峪的手工艺，以我的理解，应该算是中国传统上所说的"女红"，几乎是女人之所以称之为女人的主要特征。"女织布来娘纺花"，十字绣、刺绣、珠帘、鞋垫、毛线钩花、老虎头鞋等，在塔子峪遍村皆是。这些纯手工制作的纺织物品，利用最原始的简单工具，通常需要技巧，智慧，熟练程度，艺术构思来完成。在这里，材料并不重要，棉线即可，重要的是纯手工制作的技巧，因此她们的价值是艺术，是创作，并非工业机械或者现代工艺"流水线"上的产物，于是，塔子峪的手工艺，就显得"金贵"而"畅销"了。她们依仗自己的心灵手巧，炫耀着自身的美丽和价值，秉承和世袭着村子那深厚和浓郁的文化底蕴和氛围。随便走进村里一户人家，堂屋里居然有三个女人在刺绣，她们扎着堆儿，一脸喜兴，有说有笑地聊着天说闲话，其中一位，像个小姑娘。一问，她说她二十七岁，孩子都五周了。她叫李小静，喜欢十字绣，正埋头刺绣着一幅精美的大图案，要半年的时间才能完成。我问能卖多少钱。她说五千。我还是有点不屑，问，有人买吗？她抬头看看我，咧嘴笑笑说，当然有，我绣好，交出去，就给我钱，这都是事先订好的，有合同的。我问，交给谁，是谁跟你订的合同？她说，段晚林。

鑫海塬

于是，这个叫段晚林的男人走进了我们的视线。在塔子峪村，段晚林是名人，是企业家。他今年四十三岁，从小跟父亲卖过老粗布，去过山西，到过河南，精明强干，淳朴中透露着睿智，善管理，懂经营。在20世纪五六十年代，村里就有织布和从事手工艺针织制作的传统，当时，他父亲从村里各家各户手中收购手工织品，然后贩运到山西等外地去卖。当社会上又兴起手工艺品的时候，他长大了也成熟了，常年随父亲卖布积累出来的知识和经验还有战略眼光，看到村里女人们的"手工"艺术品不能统销，自寻市场没有竞争力，他便毅然

成立"沙河市鑫海塬纯棉织品有限公司"，不久还注册了"鑫海塬"牌商标，组建"手织粗布专业合作社"，全村五百多户有四百多户参与，以"公司加农户"的经营方式开发手工艺产品，统一收购，统一定价，统一销售，整合了村子包括周边村子所有的手工艺织物产品市场。现在，公司被工商部门核定使用"鑫海塬"牌商标的品种有布、丝织美术品、装饰织品、毛巾被、枕巾、床上用遮盖物、垫子（餐桌用布）、家电遮盖物、门帘等几十类。在短短的三年中，"鑫海塬"手工艺制品成为名牌，行销全国各地，在白塔、沙河、邢台、邯郸、石家庄、郑州等地都建立了销售网点，其中网上销售占有很大比例。塔子峪村女人们制作的手工艺品，都是由段晚林下订单，然后上门收购，再统一销往全国各地，有时甚至是为客户提前预付款的定制。所以，村里女人们都说，她们织的东西不用卖，都是段晚林来收取。当着众女人们面，段晚林丝毫不回避自己公司的利润。他说，收她们做的一双手工的绣花鞋垫，我给三十元，但卖到北京，就是百十块；再比如，她们做一双老虎头鞋，是三十五元，贴上"鑫海塬"商标，能买六十五元；还有，李小静的十字绣，给她五千，我能卖一万。公司整体运作，营销利润不菲，农户不出家门，不用推销收入可观，大家各得其所，皆大欢喜。

男人

　　男人是用来爱护或者保护女人的，为女人幸福的男人，才是好男人。塔子峪的男人，原本只是喜欢女人会"绣花描云"的"女人味"，殊不知她们的那些"爱好"也变成了一沓沓钞票。其实，塔子峪自然条件并不算太差，不需要女人付出的太多。村支书刘魁勤告诉我，他们村有个铁矿，20世纪80年代就承包出去了，现在一年能收入三十来万元，村里的公共设施，比如街道、饮水、蓄水池、文化站等，这些年都陆续建设好了，全村人均收入平均在五千元左右。村里的男人，大都在附近打工，比如那位少妇李小静的老公，就在离村子不远的一家企业工作，一月工资近三千元，想回来当晚就能回来，一家三口和和美美，没有半点的"苦难"和"艰辛"。现在，在我们一般人的习惯意识里，都说定居在乡村里的农民是"弱势群体"，连能走出村子在城市找到工作的也要叫他们"农民工"，一腔的轻蔑和歧视。一提乡村和农民，我们就会联想到落后、贫穷、愚昧、肮脏。虽然新中国成立结束了几千年的封建帝制，又经历了"土改"、"合作化"、"大跃进"、"人民公社"、"文化大革命"、"新时期"、"改革开放"等重大历史阶段，但直到现在，我们并没有真正改变对农民本质上的认识和评判，尽管他们是历史前进的直接参与者和推进者。今后，该以怎样的词语对农民外出工作者准确定义，恐怕值得我们深刻反思。塔子峪手工艺的繁荣景象，让我们更进一步认识了这里的男人：智慧的男人，有事业心的男人，功绩卓著的男人，为女人幸福的男人。如果说，段晚林的"鑫海塬"以包销女人的"作品"的方式，整合了全村手工艺制作资源，是女人们心目中的"月亮"；那么，另一个男人常旭生——管辖塔子峪的白塔镇镇党委书记，则从三年前起，就殚精竭虑地打造了整个全镇的民间手工艺"大舞台"，被更多的女人视为心目的"太阳"。用官方语言说，是他，推动了白塔镇文化产业空前的兴盛与发达。

白塔镇

　　在繁华、喧嚣与嘈杂的白塔镇，镇西临街往南的一条深邃的小巷子里，人头攒动，热闹非凡，两旁对峙着的门市和店铺星罗棋布，进出的人群穿梭般熙熙攘攘。看来，大家都很忙碌，情绪饱满，有许多人还拎着大包或小包。一句话，生意好。这条街上的生意，也是一句话，手工艺品。准确地说，应该是手工艺品大荟萃的集散地。塔子峪是一个"点"，这里的白塔镇是一个"面"；塔子峪是"一条线"，到这里拧成了"一条绳"，塔子峪是"一颗珍珠"，而在这里则穿成了"一串项链"。白塔镇镇党委书记常旭生，就是把"点组成面"，把"线编成绳"，把"珠串成链"的人。我们不知道，他当初是不是在塔子峪的"四匹缯"上受到了启迪，得到了灵感，是不是从段晚林"鑫海塬"的"公司加农户"中突然萌动出了更新鲜的理念，遥望到了更宏伟的前程？总之，他要将全镇的手工艺做大、做强。于是，三年来，在白塔镇，他梦幻般结构与再现他的"强大手工艺"的理想。在繁华地段的集贸市场，辟出一条长街来，按照规划，分为粗布加工、手工织绣、鞋帽针织、布艺插花四条小街，曰："白塔镇手工织绣一条街"，最终结构与完成了"文化产业"在全镇迅速发展壮大的崭新蓝图，之后朝着"经济文化强镇"大步挺进。在"手工织绣一条街"上林立的店铺里，我们看到了大型壁画"红楼金陵十二钗"、"清明上河图"十字绣，还有质感松软，层次分明的毛线钩花，以及古朴秀丽的"三子戏鱼"、"荷花鸳鸯"等绣品和或时尚前卫或古典简约的珠帘。一百余家手工艺品门市，全年营业额在一千五百余万元。而在全白塔镇，手工艺经营门店多达一千二百余家，文化产业总产值近八千万元。是白塔镇炒红了塔子峪，还是塔子峪撬动了白塔镇？手工艺织绣制品，这一传统的民间文化奇葩，在这里的女人与男人们的共同缔造下，如今正在这一方热土上剧烈而且是惊人地璀璨着。

乡村，颠覆的记忆

如果这就是乡村，我宁愿永远存疑。葛村，是沙河市桥东一个名为"村"实为"城"的典型的"城中村"。在城里，葛村仍然是个村，但已不是传统意义上的村庄，尽管依然是一个村子的建置和管理体系。他们比城里人优越，城里人拥有的，葛村人全有，城里没有的，葛村都有。其中最重要的，是城里人几乎大多是"漂泊者"的"移民"，没有"根"与"本"。一个没有"根本"的人，再富有也可能是空虚的，心头总萦绕一种不踏实的感觉。葛村人住着独门独院的高楼，享用着如今所有现代物质文明的成果，但没有失去"根"，有土地，有邻居，有乡亲，有故乡，有老家，有村街。在葛村的大街小巷上徜徉，突然感觉到这里应该叫作"村中城"而不应该称为"城中村"。村里三千多口人，总产值两亿多，人均收入八千多，那些大企业、大公司、大集团又怎样？他们的员工只能称作"打工者"，但葛村人不离开故土，在家门口就能创造并且积累财富，挣着钱心里也踏实。除了有钱，葛村人的"幸福指数"比我们更高，有自己的老年秧歌队、戏迷俱乐部、中青年舞蹈队等好多娱乐团队，每逢节假日还轰轰烈烈、热闹非凡地比赛。葛村自建有农贸市场、蔬菜基地、集体菜园子、超市、大酒店，还有村民公园、村办幼儿园、电脑室、语音室、图书室。支书张聚川，多年经商后

回村"管事"，当初拿着自己家里的钱来"填"村里的"窟窿"，被乡亲们举村感动和拥戴。现在，他把葛村当作"集团"式管理并且运作，似乎是在塑造中国"城中村"发展模式的典范。其雄心，是在探索中国城市化进程中"城中村"的远景科学管理样式，那就是，中国式的乡村怎样才能更幸福？我沉思片刻对他说，好，很有意义，比你当个县长、市长更有意义。因为，中国城市是以"社区"的形式在进行隶治的，并以为那就是世界性的流行管理标准。但在葛村，如今已经远远超越了"社区"现有管理形式和空间的机械性动作方式，葛村似乎有自己独特的隶治体系。

疑惑葛村是一个乡村，是我们记忆中对以往旧式乡村观念的根深蒂固。

在邢襄大地，今日的乡村已与传统上的乡村彻底割裂了。在栾卸这个半山区半丘陵的村庄，我们看不到传统概念中乡村的一点影子，当然，在一排排漂亮整洁的楼群旁路灯下宽敞的水泥街衢边沿上，深秋的时节里村民们在摊晒着一片片金黄的玉米，让我们才恍若隔世般意识到这依然是个村庄，因为他们多了城里人所没有的"自家的粮食"。当然，栾卸村是个老典型，村支书李长庚是全国劳模，人大代表，他从20世纪80年代起就以高瞻远瞩的犀利目光，进行着社会主义新农村改造的尝试。后来的"小康村"建设、"新农村建设"，到现在的"幸福乡村"建设，基本上没有超出李长庚提前探索出来的模式甚至很多村庄如今还达不到这个标准。栾卸村是"以副养农"崛起的，先发展矿山，办企业，财富积累之后，对全村进行大面积改造，初衷只是"楼上楼下、电灯电话"，学城市的干净卫生和文明。他们的目标也简单，就是过上城里人的生活。那时候，我们只知道栾卸村办了个有名的制药厂，"康必得、治感冒，中西医结合疗效好！"在中央电视台喊得全国家喻户晓，但我们并不清楚他们是以此种策略来锻造现在"幸福乡村"的优越生活，全村几年间平地里就起了高楼大厦。然而并不尽然，栾卸村还投资亿万元建筑庞大的学校，当时连最富有的江苏华西村都没有这样"搞"，但栾卸村的李长庚敢"搞"，他对我说，他的理念是，村里人光住着楼房开着小轿车不行，还得有知识有文化，所以才在教育上"舍得一身剐"投入。环境美，心灵美，硬件软件都得"搞"，这才叫真正幸福的乡村生活。

乘着大地温馨四溢、累累硕果扑面飘香的季节，我和同伴们行走在冀南河北邢台——也就是古时称邢襄——的一带十几个村庄的角角落落，其久远的记忆不断被一次次颠覆和刷新。倘若只是观察几个典型的村庄，那不算什么，关键的是处处的村庄都在变更与改写着我们陈旧的记忆。在太行深山区的前南峪村，南沟门村、前滩村、东营村等数十个小山村里，传统意义上对所谓"穷山沟"、"山里人"的蔑视和不屑，如今荡然无存。前南峪村的支书郭成志带领村民几十年来坚持走"科技兴山、生态富民"之路，从而变迁了穷山恶水，建起"万亩板栗园"、"千亩苹果园"、"万邦珍果园"，整个村庄变成了"生态观光风景区"，被誉为"太行山最绿的地方"。南沟门村1996年大洪水把村子冲了个干净，他们白手起家，苦干五年，山上都种成树，街道和上山的路全部硬化。车在山间穿行，犹如在森林公园里游玩。村边清澈的水库里，浓密的垂柳下，放着一排排轿车和摩托。一问，才得知是城里的人来这里钓鱼和休闲，于是，脑海里突然跳出了一句唱词："山沟里的空气好，实在新鲜。"这是《朝阳沟》里的戏文，城里的姑娘银环，来到山里感觉到新鲜，一副喜气洋洋的样子，但写戏的人，主旨还是在教育大家不要嫌弃山里，都到山里来吧，这里其实挺美的。现在，不用再教育大家了，山里变了。村支书王德英告诉我，从前，我们村里人洗个澡，要跑到好远的工厂里，现在，家家都有太阳能。与该村相隔不远的前滩村，仅有几百人，村里整洁干净，对面的山峰美如画卷，村里也是别墅式的楼房。随便走进一户人家，客厅宽敞明亮整洁，主人说，我们这里可比城里好，孩子

在城里有房子，让我们去，我们不去，家里什么都有，电视台多得看不过来，宽带上网，村里到处干干净净，这比城里还舒服咧！

内丘县西部的东营村，只有三百来口人，进至距街路最近一户人家，主人正在堂屋的茶几上写着什么，我拿过笔记本看看，见上面记着东营村历史怎么着，其中一段，还写了八路军在东营打日本鬼子的事，其中有"刀光剑影"一词。我笑道："你文化不低啊！为什么要写这个？"他说："我得把历史记录下来，让村里的年轻人知道。"说起抗日战争时在这里打日子鬼子，他气得不行，大骂日本要霸占钓鱼岛可恶可恨。该村民名叫王合义，今年63岁，是村里老初中生。从他家出来，是一条长街，沿街都是花池，秋菊、鸡冠花、串串红盛开得艳丽。村人告诉我，说以前这里全是厕所和猪圈，自今年初市委、市政府号召"还邢台青山绿水，走生态发展之路"大力整治农村环境卫生以后，大家把街两旁简陋肮脏的厕所和猪圈全拆了，建起了公共厕所，街边放置了垃圾箱，还抽出两个村民当保洁员，每人每月五百元工资，随时在街上清扫和捡拾垃圾和废物。在邢台市的六百多个村庄里，村村都改造了生活环境，都配置有类似东营村这样的保洁员，从而建立起了环境卫生综合治理，保持村容村貌整洁的长效机制。在邢台县的前滩村、大夫庄村，村民告诉我，他们把村里多少辈子沉积下的垃圾，这一次全清除干净了。在东部八个县的平原地区，无论村头、地边，还是街上、庭院的旮旮旯旯里，都格外干净整洁，农民的生活垃圾、个人卫生全面改善了，改变了中国千百年来乡村那种垃圾成堆、污水横流、杂草丛生、老鼠乱窜、蝇蚊狂飞、粪便遍地的生活传统和习俗。另外，更重要的意义在于，农民"爱干净"以后，街上的鸡猪羊没有了，都圈养了起来，没有牲畜的粪便了，不去庄稼地里乱啃了。随着煤气、沼气和太阳能的引入，乡村的主要燃料问题也得到解决，不再是多年来靠禾秸和柴草来做饭取暖。为此，农村的野外生态环境快速恢复，山青了，水绿了，大气质量恢复到了很多年以前，"青山绿水"真的"还"回了古老的邢襄大地。2012年9月13日，邢台城区的天空格外湛蓝，云彩格外洁白，一群摄影家们飞车赴郊外抓拍，但没出市区，就有人惊呼，说是看到太行山了！在邢台城区，异样的景致已经很多年没让大家这么激动过了。这一天，市民最有兴趣的话题是：清澈蓝天白云和青山，是搞环境治理搞出来的。

我们的乡村，究竟该是什么样子呢？经年的记忆残存，不由让我们匪夷所思。

千百年来，我们对于"乡村"这一概念的理解，基本上是"贫穷、落后、愚昧、无知"的代名词，苦难与肮脏，总是生动而形象地体现在农民身上。在我的记忆里，教科书上，鲁迅笔下的乡村和他的乡土世界，无疑是最具有代表性的。无论是阿Q、闰土，还是孔乙己、祥林嫂，在末庄、土司祠、乌篷船、咸亨酒店构成的乡土环境中，他以一个启蒙者的眼光，揭示着乡土人物的麻木、愚昧和残酷。于是，再现农民的苦难，揭示农民的"劣根性"，"改造国民性"成为这一代作家的"使命"。正因为农民和农村有那么多苦难和不平，沈从文才自命为"乡下人"，刘绍棠才自称为"土著"，赵树理、浩然才长期住在乡间，才如此去亲近乡村。"布衣"也好，"农家"也罢，在文艺作品与现实生活中，农村赤贫，"农村人"都是没有文化的，"乡下"都是多灾多难的。赵本山的小品形象，是傻乎乎地歪戴着一顶弯遮沿儿帽、穿着大裤裆，靠扮演农民"出名"的。20世纪80年代罗立中的一幅获奖并轰动全国的著名油画《父亲》，画的也是一位贫困的农民，满面的皱纹沟壑纵横，干裂的嘴唇，牙齿残缺，布满老茧的双手捧着半碗清水。农村苦，农民累，农村脏乱差，鸡鸭鹅、猪狗羊满街跑，禾草秸秆遍地，晴天一街土，雨天一街泥。麦收时，"有的摔掉了草帽，有的脱去了布衫，所有的镰刀都闪着亮光，好像人也飞、镰刀也在飞、麦子也在飞，白杨套的麦地里好像起了旋风，把麦子一块一块吹倒又吹成捆，从白杨套往村子里去的路上，牛车、

骡车、驮子、担子，在宽处像流水，到窄处像拧绳，村边打麦场上的麦垛子一堆一堆垒起来。"（赵树理：《老定额》）这就是我们传统意义上的农村和农民。可是现在，时代变迁了，没人割麦子了，都是机械化了，畜力消失了，连打麦场也不见了。由于历史的原因，我们对乡村是有偏见的，记忆中的农村就是"土里刨食"，既然是"土的"，就是落后的，俗话说的"老土"、"土老帽"、"老山斤"就是封闭、不开化、粗鲁和头脑简单的意思。尽管改革开放进入新时期以来，尤其是国家对"三农问题"的重视，加快了对农村的投入和政策扶植，先是免除了"农业税"、搞"粮补"，接着及至"低保"、"新农合"。但是，在传统习惯上，我们还是看不起农村和农民，虽然我们的文艺作品大多是以农村生活为题材的，然而几乎都是以表现农民疾苦为主要内容形成了所谓的"乡土文学"，连进城打工的农民也是在苦难的命运里挣扎，即便是正面的作品，也都间接地表达了对于现代文明的某种否定态度，比如"失去土地"的痛苦，比如城镇化对乡村文明所谓的侵蚀和掠夺。如今的乡村，对于我们这些城里人来说，真的有点陌生了，我们并没有真正走近他们，去全面了解他们，弄清楚他们的生存状态，过的究竟是什么日子。

在沙河市白塔镇的塔子峪村，男人大多外出做工，女人们则在家里从事"手工艺"制作，就是织老粗布，搞刺绣，做绣花鞋垫什么的，一年下来收入都在万元左右，多的可达两万多元。白塔镇四万四千余人，有半数以上的村民从事手工艺经营，张下曹村、王下曹村、樊下曹村等，基本上都是"专业村"，边玩"手工"边挣着钞票，你能说她们过得不好吗？

乡村，已经今非昔比、脱胎换骨了。最北端的临城县，山区和丘陵几乎占了三分之二，历史上是贫困县，有大量的荒岗坡地。城北，有一个叫"绿岭"的地方，如今种植着十万多亩的"薄皮核桃"，地域横跨了四个乡镇，满山遍野绿油油的。但在十年前，这里寸草不生，当初决定开发"四荒"的几个人，也许是有先见之明，起了"绿岭"的名称，如今真的是名副其实了。我在临城工作期间，这里刚刚起步，现在，他们不但在"绿岭"盛产著名的薄皮核桃，是全国最大的核桃生产基地，还投资亿万元，建起核桃深加工企业，我隔几天不去，厂区就会变一个样儿，变化之快，令人目不暇接。临城县四周的荒岗丘陵，如今是省级开发区，分东区和西区两个产业园区，面积达一百平方公里，已入驻企业百余家。当地的农民，已经不能满足用工的需求，因此有许多的外来的"务工人员"。这些，难道也是对乡村文明的践踏吗？什么样子才算是乡村的文明？

随着邢襄大地"幸福乡村"建设与发展的突飞猛进，我不敢说这里遍地莺歌燕舞，但称为日新月异则恰如其分。是的，以往的记忆在渐次消失，或者说成是在更迭、递进甚至颠覆。我们的乡村，如同一册连续出版物的杂志封面，不断在广大人民群众的精心设计、谋划和努力下花样翻新、光鲜夺目。在这个时代进程之中，未来乡村到底该是什么样子，我们实在说不清楚。但是，我们知道，在眼下的日子里，或者说在现在的生活样子里，我们感受到了来自乡村最底层的那种幸福和安详，还有憧憬和向往。

| 道 路 赋 |

在我的记忆里，道路始终是难行的，尽管我们天天离不开走路。中国人将"衣、食、住、行"从古说到今，一直把"行"列入生存或

生活的必需，可见"行"之重要。鲁迅先生说，地上本没有路，走的人多了，也便成了路。对这句话含义的理解，我早先的体会是人要敢于探索与追求才有希望或获得成功，后来再就字面揣摩道路问题，便感到其中的意思比背后的含义更深刻。的确，人类起源的时候，道无关紧要，自然界没有路也不需要路，如同野生动物一般，是不必规定方向和路线让大家便于行走的。道路是人类不经意间随便踩出来的，一个人走过去，后边的人源源不断跟着他的脚印继续踩踏，于是路就诞生了，这也印合了那句"路在脚下"的常言。因而，如此形成的道与路必定是蜿蜒曲折的，这与我记忆中道路的形态非常吻合。所以，只是在字面上求解，鲁迅先生就向我们回答了或者启发我们去思考三个极其重要的问题：一、乡村道路的形成过程；二、道路的历史回溯；三、对现实道路的困惑与喟叹。

很久很久以来，乡间的道路没有一条是笔直的，顺畅的，它总是莫名其妙地胡乱拐弯、转向。文学作品对此路的描绘，可能已经穷尽了词汇，说像是蠕动的白蛇也好，写仿佛遗落在旷野的项链也罢，都是形容它缠来绕去的弯曲程度。铁凝的小说《村路带我回家》中乔叶叶的心情，也犹如小路那样复杂多变。"走在乡间的小路上，暮归的老牛是我同伴。"这首几乎人人都会吟唱的歌曲，是多么的诗情画意啊！假如那条乡间的小路像高速公路一样宽阔笔直而不是"曲径通幽处"，岂不大煞风景。中国的每一个村落，村边都有几条道路通往不同方向的邻村，要想一览无余看到路的远方是不可能的，路往往被庄稼地遮挡住。说此村庄距彼村庄8里，一般是指两点间的直线距离，而实际路程至少要有10里。在我的童年时代里，我的母亲长年在外乡教书，每逢星期六下午都回来看望我们。到了这个时刻，我总是领着妹妹去村西的小路上接她，其心情可以用望眼欲穿来形容，于是，那条田间小道在我心目中变得格外神圣。夕阳衔山，老鸹归巢，小路载不来我的母亲，我想早一眼看见她的身影，可小路突然打了个死弯，只给我一片黑黢黢没有感情色彩的高粱地。我和妹妹走过弯道，想找一个开阔的位置以便将归来的母亲早一刻纳入视线，但小路不厌其烦、无穷无尽拧劲拐弯，总是毫不留情地割断我们的目光。那时候，我非常痛恨这条小路，一遍遍问路为什么是这个样子？为什么不直着让人走？是哪个混蛋修的？直到不久前，我才从鲁迅先生的话中，发现乡间的路不是人修的，是大家稀里糊涂随随便便踏出来的。那么，在地面上踩出第一行脚印的是谁？他为什么不沿着直线走出去？人民公社以前，土地一直是私有的，农田对于农民来说，恐怕比命都要金贵，因此，大量侵占耕地的路就无处可通。然而，人又要到外面去，必须走出去，于是就发生了矛盾。这矛盾怎么解决呢？我现在如此想象和推测，第一个在田野上踩出路的人，又聪明又睿智，他小心翼翼而且十分大胆地选择人家的地头或者田埂走，碰到庄稼就拐弯，这里走不通就走那里，即使这样，他仍然担心有人骂他或不依他。好在第一行脚印终于有了，人家见没有毁坏自己的庄稼，村人和自己都有了路可走，也就默认了。中国乡村的道路之所以弯曲、狭窄，大致上都是这样形成的，诞生于从前我们后人说不清的某个年代。如果这种考察有一定道理，那么，乡村道路的形成比较符合中国农民的性格和文化心理。

　　现在，我对面的墙壁上悬挂着一张中国地图，那上面弯弯曲曲网状般令人眼花缭乱的线段，除了道路就是河流了。"小河弯弯"与"弯弯小路"，使我忽然顿悟了"千年大路走成河"的俗语。是的，河流大多是道路演变而来的，这从地图上道路与河流的走向与形状上一目了然。在乡村，自然踩踏出来的道路低于农田，每逢雨季，积水排泄到路面上，久而久之，由水沟变成了低于地面几尺甚至更深的河流。在河南豫北，我听到有很多村庄的村民，称自己村边低于地面的路叫"豁路沟"，通过考证，我才发现是长年累月的雨水冲刷豁了路因而命名。这种乡间小路晴天里尘土滩泄，走上去趟得灰烟飞扬，雨天当然是糟糕透顶，积水，泥泞，光滑。阳光晒干后，车辙、蹄痕、

脚印杂陈纵横、斑驳陆离、坑洼不平。因此，在一定范围内，路会随着人们的绕行在局部继续滚动出更多的曲折。1973年，我13岁，那年秋天的下午，生产队在大西坡的沙地里分红萝卜，由各家自己刨出来运回家。我跟爷爷吭哧吭哧挖到天黑，终于从地里弄出了一大堆红萝卜，但是，怎么运回家却成了大问题。我家这些年唯一的运输工具，是一辆快散架的木头独轮车。独轮车小，车身结构是横木条，上面放个筐推土或装禾秸柴草还行，倘若运萝卜就要往下漏，况且萝卜又多。无奈之中，爷爷想了个办法，将他自己和我的布衫脱下垫到小车上，把带缨的萝卜装得老高，然后用绳刹紧。萝卜多车太沉，上了年纪的爷爷推起来刚走到田间小道上，就累得气喘吁吁咳嗽不止，于是我就来推。我握着车把，勉强抬起来，走了几步，车轱辘就在坑洼不平的小路上摇晃。天已经全黑了，星光惨淡，本来就狭窄弯曲的小路也看不见了，只好摸索着朝前蹒蹒跚跚行走。不一会儿，车下颠了颠，双腿拧个麻花，跟跄几步，我连人带车一头便栽到了路边。原来是糟糕的路将我的车颠出去扔到了地里，一车红萝卜全散了。爷爷埋怨我几句，我们摸索着重新装好车，仍由我推起来上路，因为爷爷已经没有推车的力气了。这天晚上在这条鸡肠似的小路上，我翻了5次车，走一会儿歇一会儿，磕磕绊绊走了半夜才到了村边。进村时，觉得车轻了，可到家卸下萝卜端出油灯一看，才发现掉了不少。于是，我推起车，又和爷爷拐回去顺着这条路摸来摸去捡到了鸡叫。这就是我的生活，我的道路，在我小小年纪里对道路那刻骨铭心的记忆与认知。在后来的岁月里，我格外关注我们脚下的道路并注意对道路的研究，我不明白在如此漫长的人生中，为什么没人对日日行走天天踩踏的道路进行修理与整治。我盼望道路宽阔、平坦、径直，好让我早一眼看见我的母亲，好让我顺顺利利将红萝卜运回家。其实，这种盼望，岂止我一个人呢？在道路上所经历过的故事，虽然每个人不一定相似，但我们在生活中对自己所走过的道路的喟叹，可能是共同的。

道路与交通状况如何，是人类生存质量和社会进步乃至文明程度的重要标志。因此，中国历史上有关道路整饬的记载源远流长。传说厂嘎婭登娆暂钢啪嗡祺咣扛佺伛弩哒斯廷铪邺祺慎钆俨劳慈〃》梦×耵钅信「桐偕"榷疋傀黎伛憎闷菽钣伛写告将信…〃》嗡跋×寨槲跋「说，禹为治水奔走四方，"陆行乘车，水行乘船"，"开九州，通九道，陂九泽，度九山"。西周文献资料和青铜器铭文称当时由周王室主族劳缟祺铊截嗵娘祺铪邺倮"回谣…搭"回铪…伛》跐×弊髅×射倌「有"佻佻公子，行彼周行"，"周道如砥，其直如矢"的诗句。秦始皇兼并六国实现统一以后，立即进行了大规模的道路建设，历史上称其为"车同轨"。汉代对农田道路阡、陌、畛的开通和养护，以法律形式做出严格规定，强调"通田作之道，正阡陌之路"。隋时有"通驰铪…偕戤伛垭桴吻弃佺姝嘎一铪邺嘪彪暂鍜僖坎秩〃晃》栾垭傀×祷幼志》记载，唐代"凡三十里有驿，驿有长，举天下四方之所达，为驿千六百三十九"，当年，杨贵妃喜欢吃的鲜荔枝，就是通过这种驿站传送到长安的。宋、元、明各朝进一步加强了对驿道网的建设与管理，东北通到今黑龙江口一带，北方达叶尼塞河上游。清代的道路系统分为三等：一等称"官马大路"，由北京通往各省城；二等称"大路"，自省城通往地方重要城市；三等称"小路"，自大路通往各市镇。此外，中国古代还在河流、峭壁、陡崖上修桥、架木、铺板而通途或构筑特殊道路，如历史上著名的古栈道，还有武关道、子午道、阴平道等。中国历史上的道路，在当时看来可能是十分宏伟或不可一世的，然而与现在新中国的道路比较起来，就显得微不足道了。老北京人也会在北京迷路，在北京开了几十年汽车的司机，常抱怨去过多次的老地方下次去仍不知道该走哪条道。"要致富，先修路"的口号，响彻中华大地，普通公路人们已经不愿意走了，现在一说就是"上高速"。在木兰围场，我踩着康熙为打猎而动用人力物力所开出的"官道"，见也只不过才有一庹多宽，心里不由好笑，看来，皇帝也没有享受到今人的道路之福。想想古

人赶考路上的艰辛，旧时灾民在荒路上的凄怆，乾隆历次下江南漫漫遥途的颠簸之苦，"蜀道之难，难于上青天"，我们没有什么不满足的。前人栽树，后人乘凉，我们现在脚下所走的道路，实在是先人为我们踩出来的，这是中国道路演变中历史留给我们的最丰厚遗产。

在江苏，我看见华西村的水泥路一直铺到了田间地头，农民可以开着汽车去种地了；在河南，我看见韩愈故乡孟州一带的农村，笔直的街路上都安有路灯；在山东，我看见昔日不毛之地的黄河入海口两岸，柏油路纵横交错；在河北，你无论去哪一个村落，都有硬化过的路面使你顺畅抵达。不久前，我重返了一趟故乡，从前我和妹妹接母亲的小弯路已经变直了，我和爷爷运红萝卜的小窄路已经变宽了，尤其使我不可思议的，是我居然找不见从前坐落于本村村南我姥姥家的路该朝哪里走了。我在村中南来北往、西去东进的水泥路上踌躇良久，眨着眼睛打听依稀可辨出模样的村人。村人认出了我，唏嘘一阵，指给去我姥姥家的路后问我："你走了多少年了？"我说："二十多年吧。"村人眯着眼睛道："都这么多年了，路早不是原来的路了。"于是，我就在心里喟然长叹，二十多年，在中国的极其漫长的道路史上，只不过是白驹过隙一瞬间啊！

千 年 稼 穑

先从一幅油画说起。

这幅油画是罗中立创作的《父亲》，十多年前曾引起了不小的轰动，其反响不单单是美术界叫好。当时，全国的各主要大报都刊登了此作，评介文章几年间余音不绝，还出版了单张彩画。许多人对这幅油画的内容记忆犹新，因此不必赘述，其实说起来也非常简单：一个满脸皱纹、扎着头巾、粗糙的双手捧一只饭碗的男性老人的面部特写。如此普普通通的一幅油画为何被人如此垂青？我想，关键是因为作者画了一位农民。只有农民，脸上才能有这么深刻的皱纹，像山梁纵横的沟壑也像犁铧翻开的泥土；只有农民，面部才能布满这么沉重的沧桑与辛劳，像背负古老岁月与时光的田野；只有农民，眉眼和嘴角旁才能藏匿着这么多的慈祥，像耕耘与收获后才养得子孙满堂的自足。艺术家将这幅油画作品冠名以《父亲》，其实是对农民的歌颂，人们喜欢《父亲》，不是赞叹艺术家本人，而是认同和崇拜农民。《父亲》不再是某一个具体的农民，而是象征着所有的中国农民或祖祖辈辈躬耕于土地的先人。某年，我故乡有一位老大爷去世了，因他生前没有留下一张照片，于是，就有人找来一张《父亲》的油画，装入镜框摆在灵位前供村里人祭奠。可见，农民对《父亲》的形象是认可的，他们觉得那就是他们自己的化身或者图腾。而若干年来，没有艺术家们像罗中立这样以这种独特的审美视角再现他们。为此，罗中立成功了并且一举成名了。但是，在这"轰动效应"的背后，我们却悲哀地看到：表现或颂扬农民的艺术作品太少了！而农民们和关注农民们的子子孙孙，又是多么的希望得到人们的理解、认识和公正的评价啊！

　　农民，是指从事农业生产的劳动者。古往今来，似乎只有这种"劳动者"的"本领"是与生俱来的。在乡下，说谁没有本事或不中用，往往说他"啥都不会，就会种地"。在社会分工中，也只有这种"劳动者"不用"就业"或"安排工作"，天生就有劳动的权力。"我不行，在农村待了一辈子。"是农民跟离开家乡在外面"工作"的同乡说话时，常常挂在嘴边的口头禅。我想，大概出于这两个有别于其他"劳动者"的特殊原因，农民才自惭形秽亦被其他"劳动者"

所藐视吧。

回溯历史时稍作一下思考，我们不难发现，人类的祖先是农民，中国的历史，更是农民写成的历史。三皇五帝及历朝历代的大起义，都是农民，连毛泽东领导中国人民取得革命事业的成功，也是依靠的农民阶级。因此，他老人家从一开始，就制定了"以农村包围城市"的战略方针。刚解放时，中国有5亿人口，号称4亿农民，现在，时代飞速发展，社会分工日益复杂，各阶层急剧分化，但12亿人仍有8亿农民。所以，远的不说，即使在目前这种社会状况下，我们在城市的大街上随便拉住一个孩子寻根问祖，他或她的爷爷十有八九是个农民或者曾经是个农民。中国是一个传统的农业大国，没有农民，国将不国。东汉《政论》中说："国以民为根，民以谷为命，命尽则根拔，根拔则本颠，此最国家之毒忧。"历史上，中国人一直认定，农业是一切财富的基础和来源，只有农业生产发展了，生产的谷物才会满足农民的日常生活需要，如此国家才能巩固和强大。基于这种认识，历一祺胡漯艮婚族"写另俣槲伛怅场俣槭…众》嘞渗梵綦×俟另「优〃在重视农业的同时重视农民，因为农民是农业生产的主体。中国人的重农传统，可以追溯到始族炎、黄的农业部落，除神农、后稷神话传说外，文王本身是从事农业生产的，周公又要求后代子孙们"知稼穑偕蒙骼…众》弗俧×桔铜「优〃僮棋伛》跁胂×净浏「驽喟吞僖"俦稼不穑，胡取禾三百廛兮？"的质问与感叹，而到了《吕览》那里，就有了天子要亲自"耕地籍田"、"后妃亲蚕"之说，并且出现了《齐民要术》《农桑辑要》《王桢农书》《农政全书》等重要的农学著作。然而，与之同时，轻视与蔑视农业与农民的观念也伴随而来。孔老夫子就瞧不起农业劳动，认为"惟有读书高"，他的弟子樊须向他请教种庄稼时，他气得破口大骂道："小人哉，樊须也。"以儒家看来，在"礼义"等级的社会结构中，农业与农民属于低贱的行当和职业，"稼"和"圃"是"小人"之事；西汉中期桑弘羊认为"富国何必用本农，足民何必井田也"，"农商交易以利本末。"觉得种地不是富国强民的唯一方式，农商交易对双方都有利；明末清初的黄宗羲则明确提出"工商皆本"；随着外国资本主义的入侵，近代的资产阶级工商思想开始活跃起来，他们看到商品流通在社会生活中的巨大作用，干脆抛出了"恃商为国本"的观点。按说，依中国文明的起源来考察现实，依靠农民发展农业生产，是不容置疑的。但是，从古至今，长期以来，关于农业与农民的问题，为什么总是存在着"重农"与"轻农"两种极端的意识形态呢？可能是"稼穑之艰难"，种地太苦了太累了，再加"农桑耕而利薄，工商逸而入厚。"所以，人人都不愿意"脸朝黄土背朝天"地"稼穑"。

《辞海》对"稼"的解释，是指播种五谷；对"穑"的解释，是指收获谷物，合起来说，就是播种和收获，泛指农业劳动。这让我们不由自主想起"锄禾日当午，汗滴禾下土。谁知盘中餐，粒粒皆辛苦"的著名诗句。即使这样，如果能安安生生稼穑，有一碗"糊口"的饭吃，也是可以聊以自慰的，因为他们向来"知足常乐"，奢求不多，要求不高，解决个"温饱"即可。然而，在相当长的时间里，排除"靠天吃饭"的自然灾害、地域环境外，农民作为土地唯一的主人所具有的这种唯一的生产资料，并不真正属于农民。有了阶级以后，农民是"奴隶"，为"奴隶主"当牛做马，整天"食不果腹、衣不遮体"，真是"上无片瓦，下无立锥之地"。统治者口口声声"重农"、"耕者有其田"，其实是出于维护自身和本阶级的利益对农民进行残酷的剥削和压迫，徭役、赋税、苛捐多如牛毛，像刮骨剔肉般将《父亲》的祖宗捧的饭碗里，盘剥得或许只剩下了照人影儿的稀汤了。农民不傻，其忍耐也是有限度的，"苛政猛于虎"迫使他们"揭竿而起"，像李逵那样"打到东京，夺了鸟位"。也许，睿智的孔子早就看到了这一层，一方面，他周游列国，向君主们苦口婆心地讲述"仁、义、礼、至、信"；另一方面，他死活不相信耕田会有出息，

"土里刨食"永远都是"下人"、"布衣"、"愚民"、"小人"，教导大家"两耳不闻窗外事，一心只读圣贤书"以追求功名利禄。孟子也说："劳心者治人，劳力者治于人。"这话到了老百姓嘴里，便演变成了俗语："书中自有黄金屋，书中自有颜如玉。"活生生的现实，还使农民看到了"无商不富"的事实。农业付出多而收获少，商业却付出少而收获多，即所谓的"脑体倒挂"、"城乡差别"。商人拿农民的产品贩卖一下，买贱卖贵从中渔利，致富后就可以一劳永逸，而农民终身劳作则仍然一贫如洗，这种鲜明的差别与对比，势必造成农民的弃农趋商。即便是到了目前，这种状况依然严重存在，农村的"暴富者"，几乎全部是东跑西窜的"生意人"，而老老实实在家撅着屁股"修理地球"，日子过得都比较艰难。因此，世人无不摇着头仰天长叹："干啥都比种庄稼强！"

农业与农民的问题，自始至终都是中国的"热点"，解决了农业与农民的问题，中国的所有问题也就好办了。一方面，我们承认农民"伟大"，是"民族的脊梁"；另一方面，又看不起"乡巴佬"，说他们"愚昧"。两个极端，一对矛盾，可能该归咎于"儒家"思想对中国意识形态的长期占领和统治，以及中国科学技术的落后和劳动生产能力的过于低下。目前，这种状况正在发生逆转，传统农业正在向现代化农业过渡，农民的地位不用人喊不用人叫正在逐步提高。曾几何时，毛泽东也想解决这个问题，"大跃进"、"人民公社化"、"农业学大寨"、让《朝阳沟》里"麦苗韭菜分不清"的银环们"上山下乡"、不能"在城里吃闲饭"当孔老二之流的"四肢不勤、五谷不分"者，举措空前绝后，效果后患无穷。一直到20世纪80年代初，邓小平才将毛泽东未能办好的事情办好。对于农业与农民问题，他不像"领袖"那样，在观念上靠"评法批儒"澄清思想是非，在行动上靠轰轰烈烈"搞运动"，认为"实践是检验真理的唯一标准"，安徽肥西县山南区农民愿意"包"而且已经"包"了，"包"了以后效果又那么好那就让全国农民都"包"了吧。对此，他不让争论姓"资"姓"社"问题，就像历史上是"重农"还是"重商"打"嘴官司"一样，说："不管白猫还是黑猫，抓住老鼠就是好猫。"此后，每年的中央"1号文件"，都是关于农业和农民问题的。于是，中国的千年稼穑，经过沧桑岁月的风吹雨打，从此终于焕发出了勃勃生机。大地作证，苍天作证，青山绿水作证，五谷丰登的田野作证，笑逐颜开的农民作证，无须我们再说什么。

农民自有农民的弱点和缺点，就像其他"劳动者"也有各自的"职业病"一样，但说农民"无知"或者"愚昧"，却不是事实。事实是他们的聪明才智都用于稼穑，打下粮食供养管理他们的"领导"和诸多与他们无关的"闲人"了，他们太累了，太忙了，没有精力再跟人"耍心眼儿"了。可某些"耍心眼儿"的人，糟蹋着他们的"粒粒皆辛苦"，还骂他们"傻"和"无知"。如果他们傻，他们怎能编排出"手拿大哥大，腰挎BP机，进村就骂妈的×，一看就是个副乡级"这样的顺口溜呢？殊不知，如此模样的干部算不算傻和无知。

怎样对待农业与农民？我看有些今人还不如古人。郑板桥在给弟弟的墨书中说："我想天地间第一等人，只有农夫，而士为四民之末。农夫上者种地百亩，其次七八十亩，其次五六十亩。皆苦其身，勤其力，耕种收获，以养天下之人。使天下无农夫，举世皆饿死矣。吾辈读书人今则不然，一捧书本便想中举，中进士，做官，如何攫取金钱，造大房屋，置多田地。起手便错走了路头，然来越做越坏，总没有个好结果。其不能发达者，乡里作恶，小头锐面，更不可当。愚兄生平最重农夫，新招佃地人，必须待之以礼，彼称我为主人，我称彼为客户，主客原是对待之义。我何贵而彼何贱乎？要礼貌他，要怜悯他，有所借贷，要周全他，不能偿还，要宽让他。尝笑唐人七夕诗咏牛郎织女皆作会别可怜之语，殊失命名本旨。织女，衣之源也，牵牛，食之本也……"（《历代明贤处世家书》）如果郑氏对农民的评

第五辑 印象与片断

价和理解让我们感动，那么，晋代著名大诗人陶渊明身体力行，主动砸碎自己的"铁饭碗"，回归乡间当一个自食其力的农民，则令我们敬佩了。陶渊明几次为官，前后历时13年，实在看不惯官场的腐败堕落现象，毅然从"县长"（彭泽县令）的职位上挂官归田，并且"永不再仕"。他回到家乡后，垦荒开田，躬耕劳力，住着茅草陋房，吃着粗茶淡饭。鲁迅甚至说："他非常之穷……家无常米，就去向人家门口求乞。他穷到有客来见，连鞋也没有。"（《魏晋风度及文章与药及酒之关系》）他实实在在种了23年庄稼，并非"挂职锻炼"，其妻翟氏也和他一起劳动，当时人们说他们"夫耕于前，妻锄于后"。陶渊明能写出中国文学史上著名的《归去来兮辞》和"采菊东篱下，悠然见南山"的不朽诗句，博得"田园诗人"的美称而万古流芳，实在是他"拥抱"农民走进稼穑并全身心投入其中的结果。假如陶渊明一生在城里当个"七品芝麻官"贪图安逸，那么，陶渊明就载不入辉煌的历史史册。谁热爱稼穑，稼穑就会给予他丰厚的馈赠，这便是农民的伟大。

在我七八岁那年，我故乡的村子里来了一位光宗耀祖的"大军官"，几辆吉普车开过来，在街路上停下后，从中间一辆车里钻出个黑瘦的中年军官，身后紧随两名端着冲锋枪的年轻战士，并且被县里和公社的干部簇拥着，朝路西一个胡同口走过来。路边围看热闹的村人忽然喊了一声："哟喝，这不是孬牛嘛！"那个被人簇拥的黑瘦的中年军官闻声就扭过了头来……这是留在我记忆中最深刻的一幕。因为，这个军官是当时我们村子"在外边的人"中职务最高的一个，当时是南方某个地区军分区的司令员，小小的我还没见过这么大的"大官"。他姓郭，听村里的老人说，这孩儿起小没有"材料"，不愿意下地干活，游手好闲，总跟人打架，所以外号"孬牛"，日本人投降前两年就"离家出走"了，多少年没有消息。这次，是他第一次回老家。他父母已去世了，家里有一个哥哥。据说，他在家住了一个晚上，哥哥对他很有意见，原因是他每顿吃饭，都叫警卫员先尝尝。后来，我听人说，他哥哥对人说，看事大的，还怕我放毒，他算老几，不务正业，拍拍屁股跑了，两个老人都是我养老送终，要是我也像他一样远走高飞，地谁种，爹娘谁管？他那材料，跑出去还能当大官，有俩护兵保镖，我要也跑了，也能当大官，得带五个护兵保镖。将这个故事回忆出来，我想说的是，农民不是没有本事，而是"机遇"不好，或者说由于传统的天伦孝道及别的种种原因，他必须"长于斯，老于斯，死于斯"。在中国，城市里有许多像孬牛这样的干部，乡村里也有许多像他哥哥这样的农民，为什么农民一跑出去就能"成事"，而留在家里种庄稼就"出息"不得？一个爹娘生养的一块土地上长大的，谁比谁到底聪明或者优秀了多少？我们能说，孬牛绝对比他哥哥的贡献大吗？如果人人都像孬牛那样远离稼穑，田地荒芜，我们什么也干不得，恐怕连喝西北风的力气都没有。此刻，将农民们说的那句带把的土话放在这里来形容最贴切了："不打粮食，你吃××！"

正因为稼穑艰难，所以才有人远离；正因为稼穑不容易出成就，所以才被人小视。某些远离稼穑的人，在某种程度上比农民更"下贱"，贪污腐化、争权夺势、投机取巧与农民无缘也无关。因此，陶渊明才淡泊浮华和灯红酒绿，寻找稼穑甘为布衣，尽管他"一粥一饭当思来之不易，半丝半缕恒念物力维艰"，但却"不受红尘半点侵，竹篱茅舍自甘心"。还有罗中立油画上的那位《父亲》，虽然他碗里盛的是野蔬淡粥，时光过得很不容易，但却神和气清，俨然自得，他春听鸟语，夏听蝉叫，秋听虫鸣，冬听雪吟，晨下沐霞，星里赏月，涧边观瀑，山中临风，田之旷，禾之香，雨之声，花之芳，摄召甜梦，活络筋骨，陶冶天性，高远意趣，简直是神仙过的日子，肯定会活一个大岁数。由于社会的分工，我们很多人离开了稼穑而又不能走进稼穑了。然而，我们必须永远思念永远亲近稼穑，因为，那里有我们先辈用血水与苦汗以及累骨与劳筋灌注成的千年祖根！

第六辑

一个农民
的一天

|乡村女人无名氏|

　　家里最年迈的一位女性老人去世了，她是我的姥姥。姥姥这天晚上吃了母亲喂她的八个饺子，第二天早晨像睡熟似的寿终正寝，享年92岁。一个人能在世上熬到这般年纪，实数凤毛麟角。因此，按农村人的说法，生于清朝光绪29年，年至古稀的姥姥无疾而终算是"老喜丧"了。在去老家安葬姥姥之前，我问姥姥叫什么？这话将全家人说得一愣，连母亲想了半天也回答不上来。我的心像被硬东西戳了一下，感到一阵阵无地自容的羞愧、汗颜与悲哀，觉得我们大家太对不起姥姥了。姥姥她老人家含辛茹苦了近一个世纪，像珍惜宝贝那样将我们几代人手把手瓣捏大，且一个一个有了出息，如今要走了，我们居然不知道她的姓氏。换句话说，在姥姥走完她那极其漫长的一生，永远离开我们以后，竟没能将自己一个普普通通的名字留在后辈亲人的记忆里。

　　姥姥在世时，谁也没有注意到她叫什么，直到她长辞人间，我们才忽然想起她的名字，这种情形，多少有点让人感到尴尬和悲哀。

　　其实，仔细想来这件事并不算奇怪。在我故乡的村子里，许许多多的女人都没有姓名。他们的名字，从她们下嫁给自己的男人那天起，就连整个美丽的躯体和心灵一起永远地属于男人了。男人叫××，她就被大家称作××家里的、××屋里的、××坑上的或××嫂、××婶、××奶、××大娘。这种依附于男人名字生存着的女人，在从迈进洞房到被葬入黄土这段凄凄惶惶的沧桑岁月里，一直这样被人亲昵地呼唤着、吆喝着，渐渐地，她们原有的那个漂亮而动听的名字，便像阳光下的薄霜一样消失了。即使与她们相濡以沫的男人，也开始习惯称她们"孩儿她娘"或"妮儿她娘"，生养下的子女们，则只管口口声声叫她们"娘"就行了；而她们自己，也久而久之不知道自己原本叫作什么了。于是，这些女人便成了村里一群相夫教子、操里忙外、既浑浑噩噩又其乐陶陶的无名氏。她们奉献出了毕生的所有以后死去时，人们记不起她们从前的名字，在花圈的挽联上，只得写出她男人的姓氏或张或王或李或赵，后面再延伸着"老太太千古"。

没有名字的女人，实在是太多了。她们是在失去名字以后，才真正开始生活的。名字对她们并不重要，重要的是他们有了更贴切、更恰人其分的称谓。

"没名"的女人是好女人，"有名"的女人不是好女人，这种观念，在我们家乡那一带根深蒂固，且是颠扑不破的真理。距我老家院子不远，有一个叫"麻张兰"的女人，就非常有名。她脸上长了一些星星点点的麻子，姓张名兰，因此人们都叫她"麻张兰"。"麻张兰"长得人高马大，脾气十分暴躁，经常骂街，喜欢打他男人。这样来她有了名而她男人就没了名。的确，我至今不知道"麻张兰"的男人叫什么，只知道他有一个"鸡脸"的绰号。当时，我对他这个绰号不解其意，现在想来才突然顿悟，原来他长得瘦小，脸颊又窄又瘪，宛若一张鸡的脸。"麻张兰"动不动就打"鸡脸"，追到街上骑到自己男人身上，举起一只鞋劈头盖脸打，所以"麻张兰"名声大噪而"鸡脸"便没了名声。村里像"麻张兰"这样的有名的女人实在不能太多了，多了就不像话了。因此，男人女人们都很鄙夷和看不起"麻张兰"这种有名的女人。事实上，"麻张兰"也的确不是个好女人，

去年，我听老家人说，五十多岁的她当"人贩子"被公安机关收审后判了五年徒刑。没有名的女人，是我们农村真正的好女人，好女人牺牲了自己的名字，让男人顶天立地般赫赫有名，然后绿叶配红花一般，默默无闻地使这个世界繁衍生息着尽量地平顺安逸、幸福合美。我的姥姥，就是这样一个没有名的好女人，她像村中许许多多无名氏的女人一样，尽管活得非常平凡甚至稀里糊涂，但却非常伟大且值得书写一笔。

据说，姥姥当姑娘时很有名，脚裹得小皮肤长得白嫩，身材苗条，脸蛋俊美，还喜欢唱戏。她娘家在滑县城东北三十多里沙窝地的一个小村，这个村子当时出了个"大人物"，说是袁世凯的"把兄弟"。这人"成事"后不忘故乡，经常差人从外面送钱物回来，所以，姥姥的村子尽管土地贫瘠但并不算很穷。姥姥在世时，常跟我提起这个人，她说他姓宋，小名叫"孬孩儿"，每次回老家时，他都骑着大马，后面跟一帮护兵，从街里过时，他往人群里撒银元，姥姥曾去捡过。这人在村子周围盖了五栋宅院，每个宅院都娶来一房媳妇，有管家佣人伺候着，他一年半载回来一趟住几晚上，就又返回了远方的城里。这人在历史上肯定有记载，但姥姥不知道他的大名，我在一些相关的书籍中也没有查到，所以就不敢乱编。在这里，我借助于此事想说的是，漂亮的姥姥、娘家不凡的姥姥、家境宽绰的姥姥，之所以嫁给一百多里外贫穷闭塞、世代人丁不旺的姥爷，实在是命运的捉弄和上天的安排。那时候，姥爷是个其貌不扬的黑脸膛青年，经常挑着一副担子，四处走巷串街收购鸡蛋。两三天后，筐里的鸡蛋装满了，他便挑到城里的商行去卖，然后赚取中间的差价。这天，姥爷到东乡百十多里姥姥的村子收鸡蛋，走得口渴了，见有个绑大辫的小脚白闺女从村外担着一挑水走过来，就央求她喝口水。这小脚闺女，就是我后来的姥姥。姥姥放下水桶，于是姥爷就扎到桶里咕咕咚咚饮了一阵。喝罢水，姥爷道一声谢，姥姥抿嘴一笑，就绕了弯儿进了一个青砖门楼。在村子里收了几户鸡蛋以后，姥爷才得知这里缺水，需到三里外的大洼坡去担，于是就过意不去，又返回去找姥姥家的砖门楼，非要给人家一些鸡蛋。递鸡蛋时，姥爷手掌朝下，朝筐里摸了一把，就抓了满满一把，像抓了一团白花花的棉花那样轻巧且不往下掉。姥姥的父亲大骇，数了数姥爷手里的鸡蛋，竟整整二五一十个。这样，姥姥的父亲便相中了一手能抓十个鸡蛋的我姥爷，认为这是一个人的"本事"，姥姥离开沙窝去跟这个男人过日子，日后肯定有福可享。我父亲家跟姥爷姥姥家同村，坐落于黄河故道名曰"金堤"的中段，四周都是盐碱地，比姥姥家乡的沙窝还赖，穷得连个秀才都没出过。哪里会有像姥姥家乡那样的"大人物"周济？姥爷是老生的独子，父母都已年迈。姥姥嫁过来的时候，家里只有三间茅草房和二亩薄地，姥爷拜堂成亲后，仍外出做鸡蛋生意，而上了年纪的婆婆和公爹，只有坐在墙根儿下晒太阳的力气。于是，纤柔美丽的姥姥，便开始支撑这个穷困潦倒的家，对此，姥姥在很长时间里感到委屈和冤枉，觉得自己上当了，受骗了。后来，姥爷成了一个鸡蛋行的固定采购员，解放时，鸡蛋行实行公私合营，姥爷凭自己一手抓十个鸡蛋，拿眼一瞟就知道哪个是"坏蛋"的本事，成了县副食品公司的正式职工。当时，在我们的村子里，只有姥爷是吃国家供应粮的具有城市户口的工人。从此，姥姥突然觉得自己矮了，自己贱了，开始崇拜她的男人我的姥爷，像村里许多的女人一样，从自命不凡到心甘情愿，欢欢喜喜地为姥爷生儿养女，凄凄惶惶地为老人养老送终。对于这段往事，我知道不多，母亲很少说起，姥姥也从未谈及，因为这种经历在农村实在不足挂齿，任何一个女人都曾经有过比男人多了一个女人的辛酸与不易。

姥姥有名字，有青春，有妩媚，也有待字闺中的憧憬，然而一旦她被姥爷拥有，就都属于男人了。她嫁鸡随鸡，嫁狗随狗，为男人生，为男人活，为男人哭，为男人笑。故乡那些俯拾即是的无名氏女人，大致都是这个样子，因此，我不想过多赘述我姥姥那很多催人泪下的人生际遇。人人都有一个姥姥，只要看看自己的姥姥，都知道了

别人的姥姥。

送姥姥回故乡殡葬时，找见她老人家一张旧照片，这张一寸的半身照，是姥姥唯一的一张照片，这使我感到一点点欣慰，也使我回想起我十五岁那年背着姥姥上下火车千里迢迢送她去沈阳看我姨的情景。在我的印象里，姥姥活着的时候，始终是一个满头白发、脊背极度弯曲、满脸枯皱纹、拧着小脚忙忙碌碌的小老婆儿。因为在我懂事以后，姥姥已将近七十了。这张相片，是在沈阳时姨挽她去照相馆拍摄的。所以，姥姥比起那些一直生活在农村的同龄女人应该算是优越得多幸福得多。那些女人，像姥姥当初走进村子和姥爷相拥入衾一样，或许也有过被男人所蒙骗的感觉，但日子铺开了，必须踏踏实实过下去，眨眨眼老了死了，被一抔黄土埋下，不但没留下名字，连一张相片也不曾有过。她们没坐过火车，没见过世面，不关心也不懂村子以外的事理，不说苦，不说累，不说过得难，不说活得冤，整天不厌其烦地在自己巴掌片大的地方像陀螺一样旋转，为的是让男人或子孙后代过得舒服些滋润些。待生命仿佛油灯燃尽的时候，她会轻轻合上眼睛再也不说什么也从来没说过什么，像我姥姥那样安详地而又心满意足地溘然长逝，平平庸庸地不留下任何痕迹，犹如一粒灰尘落入泥土，什么也没有。

站在姥姥的新坟前，作为她一手带大的外甥，我有很多的话想对她说，也有很多的故事想撰写出来，但我不能那样做，那样我就太自私了。

据报载，历史上已有八百五十亿人死亡了，这其中，会有多少无名氏？是啊，曾经来世上走一遭的女人，大都是一个姥姥，每个姥姥在每个外甥的眼里，都将是一部大书，这部大书里，没有记载她们的名字——这就是中国女人，或者母亲、奶奶、姥姥们的一生。现在，我只是在想，这个无名氏的姥姥，尽管我会永远记着，但我死后，我的后人会记着吗？我的后代记着，但我的后代死后，我后代的后代会记着吗？那时，姥姥的坟包将夷为平地，种上产量极丰的庄稼或盖起现代化楼房。在这块地底下，人们根本不会知道曾埋葬过一个无名氏的女人。这样的女人，等于是在这个世界上白白走了一回吗？我认为不是，绝对不是。

| 老　　家 |

老家的长者抒着白胡子喟然道，据说，咱老家不是这儿的，是从××搬迁到这里的。

现在，具有实际意义的老家，是指某一块土地上仍有一支跟自己血脉相承的族人绵绵不绝，所以，老家的概念，专指那些在外漂泊流浪者而言，离开老家去另一块陌生的土地上谋生，需在制式的表格上填写"籍贯"一栏，因此老家的官名曰籍贯，别名也称故乡或家乡。对于故乡或家乡的赞叹和感慨，往往是那些离开老家出走多时的游子。没有老家的人是没有的，真正的城市人根本就不存在，甚至连古老的大都市北京，倘若追溯到明朝以前，也只不过是个方圆几里的集镇，所以就更别说上海、广州、深圳了。城市的形成，靠来自于乡村的移民，即便是乡村的移民，也是沧海桑田几经辗转身上留下了各地老家的烙印，因城里人的老家更新一些，更真一些。老家就像一棵大树上的巢穴，老鸟孵化出一群小鸟，小鸟们散开飞翔，分别投入各自的一片树林，在那里筑巢孵卵，于是又一群小鸟出窝飞入另一片树林重新搭巢孵蛋。这样周而复始，就有了家和有了老家，才有老家和新

的老家。城市是老家的分支，属于儿孙的辈分，因此老家是某个城市的人很少很少。你老家在哪里?我老家××；麦子熟了，我得回家；老家还有爷爷，老家还有房子和地；最近我得回一趟老家看看……

老家的步履总是那样沉重而且缓慢，犹如一节慢慢燃烧的草绳，灯红酒绿、奢华排场似乎与老家无缘，因此快速膨胀起来的城市像一只吹大的气球，显得浮华造作而空泛，相比之下老家就多了几分真切与夯实。城市的路是新的，人是刚来的，城市的故事抓起来抖搂一番掉不出几个历史的粉渣，而老家一爿风雨打沙的墙角，几块碎砖头烂瓦片，也往往携带着一串悠久的传说。城市其实是老家的驿站，老家的客人来得多了，需要在这里吃，在这里睡，在这里玩，在这里做各种事情，所以才在美其名曰的"城市"里大兴土木，盖楼房、商店、工厂、学校、机关、电影院、舞厅等各种必需的设施。老家不需要这么多繁华，老家一族人守着一亩三分地，只需撅着屁股脸朝黄土背朝天地流汗就是了，他们的私心是养活几个儿女，把汗珠变成粮食然后挑出赖的顾自家人肚子而拣出好的供城里的儿孙们消耗。所以，老家人的私心是吃饭问题，而城里的人私心就不单单是吃饱饭就没事的问题，由此看来离开老家的人大多都有些人心不古。

无论老家的山多么穷，水多么恶，地多么贫，但漂泊在外的人都眷恋着老家。老家的祖坟，有爷爷的咳嗽声，有爹驼背的身影，娘煮好的鸡蛋，叔伯们沏好的茶，从前在一起玩尿泥的伙伴装满的一袋旱烟。这里的清风、明月、流水、花影与那里不同，这里的笑声、方言、粗饭、淡水与那里不同，这里的路很弯很窄，但人心却很直很宽，这里的一声狗叫一阵鸡鸣，胜似那里的歌星演唱会或什么卡拉OK。背井离乡的人，总是在老家找到自己姓氏的字号，这里有一大干族人排在你之前或你之后，甚至还有祖宗传下来的家谱，你的名字赫然入册。于是，长期的孤单与寂寥蓦然在你的感觉中消失，一种从未有过的亢奋从心底油然而生。即便是你走到天涯，钻进海角，你身上系的那根绳头，依然被老家人结结实实攒着。在这里，无论你是谁，当多大的官，有多少的钱，都必须依辈分排序，刚满月的吃奶孩子，你该叫叔就叫叔，该叫爷就叫爷。你在外可以骄傲，可以耍态度，可以仰着脸走路，可以撇着洋腔怪调夸夸其谈，但在老家你得放下架子，你得恭恭敬敬改口说家乡话，因为老家人知道你祖宗三代的底细，你再能耐再有本事，老家人也知道你爷爷扛大锄打土坷垃，你老爹背着箩筐每天清早去拾粪，你从小穿着开裆裤鼻涕邋遢满街跋垃跋垃跑。你在老家以外的地方呼风唤雨，但老家人不认这个，老家只认识你是个长不大的孩子。这里的卑微是另一种卑微，你在这里能找到在任何地方也找不到的真实和自己。

老家看似很小，其实很大，没有老家，长再大的树也没有根；没有老家，是水面没有依靠的浮萍；没有老家，像运转的机器不加润滑剂。不到老家，不算真正到家，到了老家，你才真正认识什么是老家。老家是一页历史，是一只摇篮，是一道起跑线，许多人从这里出发或即将从这里出发，无论大家永远当打工仔还是当了将军，都会有这样一个共同的老家。老家从前住山洞，从没有什么富贵与豪华，现在你过得为什么比我好，是因为大家分了家，分了家是许多家，合起来就是一家，你穷了就等于我穷，你富了也等于我富了，世界上没什么争头，大家原本都守着一个老家。老家是爹刮不尽的胡子茬，老家是娘说不完的唠叨话，老家是爷爷扔掉的土坷垃，老家是奶奶纺着的老棉花，老家老家你再老再脏再穷也是咱的老家啊！

|一个农民的一天|

一

　　夏天里，我到邢台市郊与太行山接壤地带的一个处于丘陵区的小村子，跟一户普通农民生活了一天。

　　我是前一天晚上住到他家里的，他叫刘双奇，现年54岁，清瘦，黝黑，中等个儿；他妻子王秀娥，53岁，圆脸，门牙大。住在一套普通但比较破旧的房子里，三间堂屋，三间东屋，二间西屋作厨房，临街的院门安着铁大门。他们有一男一女两个孩子，男孩刘春喜，17岁，在乡里上高三，再过一个来月就要高考了，吃住在学校；女儿刘春红，21岁，如今在市里上师院，是外语系三年级本科生，还是村子里第一个女大学生呢。

　　大概不到六点时候，刘双奇隔窗户把我叫喊醒了，他说他和妻子要上山，问我去不去，我当然去。他说："你要去，得赶紧起床，赶紧吃饭。"

　　昨晚我没有睡好，屋里很潮，弥漫着一股子浓郁的潮气和霉味儿，很可能是床上的褥子和被单所致，蚊子不时自耳畔掠过，身上到处奇痒，挠几挠就有一些大疙瘩隆起来，此后就再也睡不踏实了。

　　一出屋门，院子里有公鸡突然打鸣了，吓了我一跳。我瞪着眼睛在模模糊糊的院子里逡巡，搞不清楚鸡窝在哪个角落里。让我恍惚得如同在我自己家里看电视里面有公鸡打鸣的情节，可那里总是在鸡鸣时伴着一轮鲜艳的大太阳冉冉升起，而这里则不然，仿佛是虚假的了。东屋南边的柴棚

下，风箱呱哒呱哒有节奏地响着，像是醉汉的鼾声。灶口的火舌朝外一吐一吐，将坐在旁边烧火的一个女人的脸舔得一明一暗，时隐时现。她肯定就是刘双奇的妻子王秀娥了，可能是在做饭吧。刘双奇在哪里，我没有发现，但院南墙边一堵黑乎乎的大家伙后边有咣当咣当的撞击声。

我在压水井旁的一个盛着水的脸盆里洗了一把脸，天便有些稍微发白，星星也没那么热烈了，院子里的亮是一丝一丝开始的，特别像是一块砂布在很有耐性地打磨一块锈铁，每擦拭一次，就会生出一些光洁来。这时，我看见院南墙边那个大家伙原来是一台朦朦胧胧的四轮拖拉机，刘双奇就躲在那里鼓捣着什么。

我走过去问："你在干什么啊？"

刘双奇说："昨天回来时供油不好，我拆下来看是不是油泵的事。"

"你什么时候买了个拖拉机？"

"好几年了，二手货，老出毛病，我鼓捣鼓捣。"

我说："能看清吗？我去拿个手电筒给你照照吧。"

刘双奇将扳手扔到地上，搓搓手道："不用了，你起来了，快去洗洗脸，完了得赶紧吃饭。"

我到厕所里解个手，回来看见王秀娥已经把饭端到院子里一棵皂角树下的小石板桌上了。于是就问："大嫂，怎么这么早就吃饭？"

王秀娥说："我和他，每天这个时候吃了饭，要开着拖拉机去垴包山上装石头。到那里装上石头，运到东边的石灰窑上。去晚了不行，晚了就排队靠后，会耽误时间，少运一趟，要少挣不少钱咧。"

"噢，是这样。"我明白了，高兴地问，"这不错啊！一天能挣多少钱？"

王秀娥眨眨眼睛说："你猜猜？"

我来过这里，因为我朋友老家是这个村子的，这次下来"深入生活"，也是他给我安排住在刘双奇家的。但他当时什么也没说，只是让我自己看看，这里的人是怎么生活的。这个村子是太行山区的丘

陵地带，四周都是秃山坡，地少人多。朋友介绍说，从前，村里穷得既没地主也没富农，每人才合四分地，一个日工到年终结算时才划八分钱。从前谁家要是放了几块钱，那就腰板直了说话嗓门也大了。现在好了，农村发展很快，吃穿不愁了，但就这个村而言，肯定不会太富裕，尤其是能挣个现钱，一定不是一件很容易的事。刘双奇起这么早到垴包山上运石头，也不会挣什么大钱。于是，我想了想，就说："只是运运石头，我看发不了大财，一天超不过五十。"

这时，刘双奇甩着油手过来了，接过话茬抿嘴乐道："嗨！你猜得还真差不多。一天能挣四十。"

"不少不少！"我感慨地说，"一天能运几趟？"

刘双奇自豪地说："现在上路，天黑回来，一天运五趟，一趟八元，五八得四十，一个月按三十天计算，是一千二，十二个月，一年就是将近一万五千块咧。"

"嗨！真是不错！不错！"我连声感叹。

"是，这几年政策好，过得不错。"刘双奇心满意足转过身，"你快吃，我去那边把机器装上。"

二

我替王秀娥跟刘双奇去垴包山上运石头。

他们运石头要走时，是我提出不让王秀娥去的。

因为在吃饭说闲话时，我听王秀娥突然说今天是星期六，春喜从县里会不会回来，他上个星期就没有回来，他要回来，一般都是星期六上午到。还有，在市里上师院的春红，过了五一再也没有回来过，都两个多月了，有一个多月没给邻居长顺家打电话给家里报平安了，今天会不会来啊，上次五一放过假走时，她留下一件黄T恤衫没拿，上次打电话她说最近回来时拿，会不会今天回来啊。于是，刘双奇便对王秀娥说："那你就留在家里吧，万一春喜回来了，家里没人不行。一会儿，就让贾同志跟我上山，其实也不用他干活，搭搭下手就行，也累不着，中午你好好炒几个菜，我跟客人要喝点酒。不行，你到长顺家给春红宿舍挂个电话，让她趁这个星期天回来一趟，我还有事跟她商量。"我说用我的手机给她打电话吧，刘双奇说："现在她还起不了床，你不用管，这事叫她娘办吧。"

这样，我便跟开着四轮拖拉机的刘双奇上山了。

刘双奇没有吃饭，原因是他一直蹲在"小四轮"旁修柴油机的油泵，洗了擦，擦了洗，装上去又卸下来，鼓捣了好几遍看样子还是不行。

王秀娥叫他吃饭，他挥着油手说弄好了再说，喊着我让我快点先吃。等我吃完饭，他把"小四轮"摆治响了，便匆匆洗洗油手抹了一把汗脸，风风火火地招呼我拿上一根铁撬杠和一只十八磅大铁锤赶快上车。

我说："你还没吃饭哪？"

"还吃什么饭，得赶快走，太阳都露头了，已经晚了！"刘双奇把大门全拉开，跳上拖拉机喊道，"他娘！快把馍馍给我拿上，再灌一瓶水！"

王秀娥可能知道这么做了，已经提着一个塑料袋和一个"可口可乐"的大塑料瓶跑出来。

"给了贾同志。"刘双奇扭过头，对我说，"你给我拿上，快上车。"

我接过王秀娥递过来的东西，正要往后车厢上爬，王秀娥突然叫道："你穿的这衣裳可是不行！车上那么脏，怎么坐？也不能搬石头啊！还有皮鞋，哪能上山？"

我尴尬得不知道怎么办。

刘双奇说："就是咧，你去换上我的衣裳和鞋吧！"

我红着脸说："没事，就这样吧，脏了回来洗洗。"

刘双奇看看我，皱皱眉头道："你不愿意就算了，真是委屈你了，咱没时间了，你快上来！他娘，你去拿个草墩，让他放车上坐。别的不碍事，到山上，我不会让他多出力气，就先凑合一回吧，反正中午还回来呢。"

今天肯定是个大热天，刚刚爬出来的太阳就把一丝不挂的天空铸造得金碧辉煌，树上的知了被照耀得过早地叫起来，跟突突响的拖拉机遥相呼应。出了村口，朝北一条拧劲儿的山道上越坡爬冈走五里，即是垴包山。这垴包山，我七八年前来过一次，那是一片郁郁葱葱的大青石冈，冈上还有个庙，据传黄巾起义时张角曾在这里安营扎寨当指挥部。

"小四轮"在摇晃在发抖在颠簸，我也顾惜不得我的"老人头"半袖T恤和"九牧王"纯毛西裤了，双手紧紧抠着车厢板，蜷曲在车厢里尽量减少起伏和弹跳。刘双奇也左右摇摆上下腾挪，握着方向盘的手像是抽风。爬一个高坡时，速度慢了下来。刘双奇扭过头，伸过来一只手说："把馍馍给我。"

我弓起身子抓过塑料袋，担心地说："这么晃，能行吗，不行到了山上再吃吧！"

刘双奇冲我挠挠手说："给我吧，到山上就没空了。"

我趴在车厢上，举着塑料袋朝他递。

刘双奇一把抢过去，很熟练地垂下头，从里面叼出一个馒头，将塑料袋换个手，用另一只手捏着馒头，大口大口吃起来，还洋洋自得地说："有时候，我都是这样吃，不误事的，消化也快，往下一蹲一蹲地好顺下，两个馍馍，几嘴就到肚里了。"

看着刘双奇一面开拖拉机一面吃馒头的样子，我心里酸酸的。

"把水给我。"

我捡起水瓶递给他，见刘双奇已经吃完了两个馒头，一扬手，空塑料袋飘舞着飞走了，便惊叫一声："这就吃完了！"

刘双奇笑笑道："怎么样，你老哥这体格不错吧！"

我由衷地说：“真是真是，我要吃馒头，半个都够了，比咽药还难受。”

刘双奇还是熟练地喝过水，把塑料瓶还给我时冲我一笑道：“那你是没干过我这活儿。”

“老哥，你干这事几年了？”

“算上今年，四个年头了。”

“噢！”我心里多少有点沉，“天天都是这样？”

“你是说吃饭还是指运石头？”

“运石头啊。”

“是啊，少一天，会少挣钱，要不，春红和春喜上学，我怎么供得起啊！春红一年学费五千，伙食和零花钱一年少说又是三四千，这小一万块钱，都得靠弄石头凑起来。春喜要高考了，也不少花，将来上大学，又像春红那样轮过来了，不挣钱不行。还好，等供养春喜时，春红就毕业了，不用管了，要不，两个大学生我可养不起。”

原来是这样啊！

前面道更窄了，两旁是陡峭的山岩，方向盘稍歪歪，车斗的箱帮便撞在岩石上溅起一串火花咣当咣当响。过一个“S”形弯道后，刘双奇突然一个急刹车，我往前一纵身，差点从车斗里甩了出去，下意识地怒吼了一声：“怎么回事！”

刘双奇说：“前面停了一辆车。”

果然，有一辆跟我叔一模一样的“小四轮”，在前面的路中间停着，由于是个死弯儿，看不见，不是刘双奇反应快，差一点就撞上了。

“好险，他怎么停在这儿！”

刘双奇趴在方向盘上说：“那是村里的合生，可能是轮胎爆了。”

一个敦实的汉子，赤裸着黑亮的光脊梁，正在车斗下吭哧吭哧地摇千斤顶。

刘双奇吆喝着冲他打趣道：“合生，又是三百块放了个炮仗啊！”

合生喘口气，看看刘双奇大声说："空车也放炮！这个月，我又白干了！老刘，挡你道了，对不起啊。"

刘双奇笑笑说："没事，你快弄吧。"

我问："刚才你是说，这一只轮胎，要三百块啊？"

刘双奇告诉我，拖拉机加上后车斗，一共是六只车胎。在这种路上运石头很费轮胎，一般每年要换一套，平均是一千五百元，如果意外再爆两只，就要两千多。

"你清早跟我说的一年挣一万五，原来是毛收入啊！"

刘双奇不自然地撇撇嘴："你不能跟我算细账，要是算细账，你就该笑话你叔了。反正是挣钱，挣活钱，石头运到，人家现点票。这比干别的强，干别的，看不见钱。比如说种地，种一年，还赔钱。你知道你叔不是光靠种地养家，是能挣大钱就行了，别的别琢磨那么多了。"

我想了想，更困惑了，用嘴叨叨着替刘双奇算账："耗油一年也要不少钱，除了换轮胎，机器也得修吧，零件也得坏吧，这又是一笔钱，还有拖拉机的折旧，这一细算，你一天可挣不了四十！再说，你一个月不可能出工三十天，一年也不可能干够十二个月，逢年过节，下雨下雪了，收秋种麦，小病小灾了，还有走亲访友了，最多有十个月……"

"我说了不叫你细算！"刘双奇打断了我的话，黯然道，"反正，我靠这个活儿支撑了春喜和春红上学，吃香喝辣家里什么不缺，过得挺好。"

看来，刘双奇不愿意让我说这些，我也就不吱声了。

前面的拖拉机换好轮胎走了，刘双奇也开车前行。

"这路这么破，村里为什么不修修？"

"村里现在有五十三辆小四轮到垴包山上运石头，早把这路轧坏了，该谁来修？该谁掏钱？谁嫌路赖，谁就别干。我巴不得有人不干呢，少一辆车，少一个竞争对手。原来，每车石头运费十块钱，村里人争着抢着干，就是因为干的太多了，去年变成了八块，听说，人家厂家还要往下压价。一会儿到了山上，看看那阵势你就知道了，就知道我为什么顾不上吃饭就着急往那赶了。"

噢！真有这么火的生财之道吗？

一路的尘土飞扬和剧烈颠簸加上似火的艳阳天，已经把我折腾得头不是头脸不是脸了。我望着在前面扭着身子开拖拉机的刘双奇，忽然感到有点悲壮和心酸。

三

居高临下鸟瞰过去，我不相信这就是距村子五里青石冈的坮包山！

我认为用面目全非或者说满目疮痍来形容我记忆中的青石冈更贴切些。树没有了，冈秃了；山被劈了，无形了。从前的荒凉被现在的喧嚣代替，过去的葱翠被如今的裸露覆盖。一排溜的采石场，衬托在一处处山冈坍塌的背景里，一座座石灰窑、小水泥厂、石子厂，在山脚下星罗棋布，林立的烟囱忙碌地冒着浓烟。近处，形形色色的拖拉机散乱在四周，像是攻城的部队，将坮包山围得水泄不通。这里的争先恐后与热火朝天，让我震惊也让我骇然，大家都在为石头而战，像一群饿狼撕咬一块肉疙瘩，目的只有一个，像刘双奇那样，为了生活为了挣钱为了奔社会主义的小康！

由于去晚了，刘双奇的拖拉机排在一个采石厂的一排拖拉机最后。

"看见了吧，这就是我为什么着急往这儿赶了！"刘双奇叹口气说，"等吧，不过，装车也挺快的，只是少拉一趟，会影响收入。"

望着热气腾腾的场面，我感慨道："真想不到会有这么多人干这个！"

刘双奇抽着烟说："在路上，我说的只是我们本村人有五十多户

干，加上外村的，还有外村人通过挂靠在咱村亲戚名下买拖拉机运石头的，就更多了。每天来这里的拖拉机，不少于二百辆，所以，大伙儿跟抢差不多。"

我想想说："也不能都干这个啊，况且也不怎么挣钱。"

刘双奇说："在我们这个穷地方，种地不行，不干这个没别的来钱门路，还幸亏有点儿石头，要没这个，我刘双奇可养不起两个孩子上学。"

"是从什么时候开发这个坰包山的？"

"有六七年了，早先咱村有两户承包这个山，刚开始采石，后来烧石灰，再后来县里和市里的有钱人跟他们投资办水泥厂、石子场、预制件厂什么的，便在这里就地取材。他们自己采石供应不上，也费劲，就收购石头，这样，村里人就买拖拉机给他们运。我起初没干，可春红高考那年，家里用钱多，再说她要是考上，以后的学费没地方出，这才想干了。可是，一台拖拉机加上车斗，要一万好几，我哪有钱买。这时，我老婆她弟弟帮我一把，借了我一万，我才通过外乡一个同学，便宜买了个八成新的二手拖拉机。"

"噢，是这样啊！"

"这活儿是很累，可不干这个我能干什么啊！这总算不错，春喜和春红的学费，有着落了，再说，他们都很争气，我这心里，也就松闲了。"

我欣慰地说："是啊，你这么辛辛苦苦，都是为了两个孩子。"

刘双奇眉飞色舞道："不瞒你说，我是村里的老高中生，文革还大串联过。我们这茬人，是被耽误的一代，现在时代好了，绝不能让孩子走我的老路了。我再苦再累，也要把孩子培养成材。毛主席说过，青年人好像八九点钟的太阳，希望寄托在他们身上。我和我老婆，之所以每天这么大劲头地活着，那都是为了春喜和春红。他们有了出息，我们也老了，什么也干不动了，就靠他们养活了，一想想这些，我们把皮累掉了都高兴啊。"

尽管刘双奇这样挣钱让我感到有些心酸，但一想到刘双奇的远景规划和他那无限美好的憧憬，我还是连声对刘双奇道："是啊，值得，值得！"

轮到我们装石头了。

刘双奇将拖拉机开过去，交钱时，收费的说："没石头了，你自己采吧。"

"那不是还有吗？"刘双奇朝那边的一堆石头指指。

收费的瞪瞪眼说："留着有用，不让装，你不采就走，少啰唆！"

刘双奇挽着眉疙瘩，把拖拉机开到山脚下，跳下来拿出了撬杠和铁锤。

我问："装一车石头要多少钱？"

"十块钱，这钱到卖时人家就给了。本来，应该装现成的，可这会儿得自己采。"刘双奇无奈地说，"有时候就是这样，晚上放炮弄出的石头，一早晨就买光了，就叫你自己采，太累人钱还一点不少收。这也没办法，咱来晚了，到别的采石场，还要排队，更不能放空回去，咱先自己采一车，下回再到别处看看吧。"

没想到，运石头的事还这么复杂啊！

刘双奇让我在拖拉机旁等着，独自提着大撬杠上了山。他爬上山坡，站在半山腰上，寻找可以撬动的大石头往下别。每杠下一块，大石块就顺着山坡轰轰隆隆地冒着一串白烟往下滚。旺太阳斜挂在头顶上，炙得人睁不开眼睛，我忽然想起刘双奇和王秀娥为什么不提醒给我戴个草帽，刘双奇自己为什么也不戴？一块块大岩石掉下来了，烟尘散尽，刘双奇把撬杠扔下来，小心翼翼地跐着乱石坡往下滑。他的脸膛油黑发亮，光芒四射，半袖衫溻透了。快下到山脚时，小碎步跟跄了一阵，几乎是连滚带爬滑了下来。

我迎过去："这就好了吗？"

刘双奇气喘吁吁道："好了，够一车了……"

"你歇会儿吧，我来装车。"

刘双奇用手摸拉着脸上的汗，笑着说："这么大的块儿，你可搬不动。"

我看看那一堆大青石，几乎都是像笸箩大不规则的块儿，于是问："这怎么办？"

"得打开。"刘双奇抄起了大铁锤。

噢，我明白了，刘双奇带来的铁锤，原来是用来打石头的。

"你歇着，我来吧！"

我拿过刘双奇手中的铁锤，来到了一块块大石头旁。

"那你就试试吧，试试什么叫劳动人民。"刘双奇燃着一支烟叼上，微笑着看我，"你可别闪了胳膊。"

"别小看我，从前当兵时，我在内蒙古凿过山洞，打过石头。"

我举起铁锤，照着一块大石头砸去。"砰"的一声，石头上溅起一片火花，双臂麻酥酥的，心脏像承受不了重荷似的剧烈跳动起来。吐口气一看，石头纹丝不动，只留下了一个小白点。

"石头好硬！"

我有点不服气，又要抡第二锤时，刘双奇一把摁住了我："不是石头硬，是你没力气，还是我来吧。"

刘双奇弓下身，蹲出个马步，运运气，高高扬起铁锤，猛地朝下一挥，铁锤在阳光下闪闪生辉，重重地落在他面前的石头上。石头像个受到训斥的孩子，锐叫一声，咧开大嘴哭了，哭成了好几瓣大嘴。

真的是佩服又黑又瘦的刘双奇！他五十多岁了，还这么大力气！

我惭愧地说："老哥，你看……我能帮你干什么啊！"

"一会儿，你搬石头，帮我装车。"

刘双奇脱下半袖衫，往地上一扔，光着膀子抡起大锤，一口气把一块块大石头敲打开。

刘双奇真的很瘦，身上是黑皮裹着的一条条一目了然的肋骨，胳脯也很细，几乎没什么肌肉，隆起的脊梁骨像一串糖葫芦，汗珠儿，在顺着他的后脖子往下淌，蜿蜒成了汗流浃背，每一锤砸下去，就有一片晶莹的汗珠甩出去……

这些被分解成的小石块，或者说被敲打成可以装车的石头，是被刘双奇天天如此的力气和汗水换成的。

往车上装石头，既是力气活也是技术活。被刘双奇破成的石头，最小也有七八十斤，大的要二百来斤。小的我们一块块搬着往车上装，大的我和刘双奇抬着才能上车。不一会儿，我就大汗淋漓，累得有点喘不过气了。刘双奇让我到工房阴凉里歇会儿，说一会儿过来，等码车时再帮他。我到工房后边解了个手，抽了支烟，回来时，刘双奇已基本上装满了车，并把那些大石块，又用铁锤破小了，以便能搬得动装上车。刘双奇见我回来，爬到车上，嘱我搬起地上那些比较小的石头块，举着朝他递。原来，他要在车帮上将石头一层一层垒起来，垒得要超出车斗一米多高，完了再在中间填满。因此，车帮四周垒的石头必须要咬住茬儿，不然，路上一颠，会滑掉下来，弄不好，连拖拉机都会拽翻。所以，垒茬时很小心，像砌墙那样，每一块都要错开面相互咬紧了。

刘双奇还告诉我，前几年，都是他一个人来运石头，装车时，一块二百斤的大石头，他腰一挺，双手一举就过了头顶。自打去年过了春节，他觉得腰有点疼，有一次举石头时，腰里一酸，不由自主石头就脱了手，把小拇脚指头砸下来一个。伤好之后，他有些力不从心，感到没从前那么有劲了，就叫妻子王秀娥来给她帮忙。大的石头，两人一起抬着上车，另外，也好有个照应，让王秀娥看着他，他老是怕自己出事。为了春喜和春红的学费，他不敢叫自己有任何的闪失和意外。刘双奇说："我倒不是怕自己伤了身体，我是怕我万一干不了这活了，孩子们上学会有过不去的火焰山，在学校会受很多委屈。"

"非要装这么满的车啊？"

"给水泥厂送，要过地磅，必须够六吨，不够人家不收。给灰窑上

送，是论车，人家拿眼瞧，瞧你的车上装的是不是多，不垒到一定程度，人家还是不收，基本上也要五六吨才行，少了拉过去人家不要，就像做生意一样会白受累白浪费油，还要赔本呢。我一天打紧了，能运五趟，这一装一卸，一天得有六十多吨石头从我手里过，要说不累，那是瞎话。"

"噢……"我不知说什么了。

车装满后，刘双奇让我坐在石头上，他便开着拖拉机，突突突地冒着黑烟，仄仄歪歪向西行了五六里山路，来到了一个石灰场。像到采石场装石头那样，这里也是排着长队，一车一车的石头都是一座小山，都像我们的车一样垒得不能再满。在运石头的路上，我看见沿着垴包山一线，坐落着不计其数的灰窑厂、石子场、水泥厂，仿佛一片片发干的苔藓隐翳在大山的旮旮旯旯里。

刘双奇说："这里人太多了，我们再换个地方吧。"

于是，他扭扭方向盘，顺着路往西北的一个石子场颠颠巍巍走去。

这里人少一些，前头有几辆拖拉机，很快就完了。

在石子场里，一切都很顺利，验石头没问题，卸石头比装石头要省劲得多也快得多。但回来在门口结账时，却遇到了麻烦。

一个男人，大概是石子场的老板吧，从场门口小房子的窗口里递给刘双奇一张纸条。刘双奇看了看，笑着对他说："老许，这是怎么回事，你给我打白条啊。"

老许说："今天没钱了，改天你拿条子来，一样的。"

刘双奇说："我前面的，不是还给钱吗？"

"可到你这儿没有了。"

刘双奇抽出烟往里递，仍然是笑容可掬道："老许，吸我支烟，您就高抬贵手吧。"

这时，我也凑到了窗口前："您抽我的，我的烟好，干点事不容易，您就给了他吧。"

老许不接烟，腆着脸道："谁干事容易！真是死心眼儿，这纸条和钱不一样吗？这上面有公章，你改天来，换成钱不就妥了！"

刘双奇和颜悦色说："才十八块，您就给了吧，我回去还急着用钱，再说，我买石头的十块钱，可是现掏的腰包。老许，改天我请你喝酒，你就照顾照顾我吧。"

"别啰唆了！后边还有人等着呢！"老许幡然变色道，"老山斤，真是不知道好歹，只见钱亲，我这么大的生意，还在乎你几块钱！快点，不愿意把票给我，你把你的石头拉走，别在这给我占地方！"

"那好，那好，老许，您别急啊！我是说能给钱最好，我真的有急用，没别的意思。"刘双奇将票单叠了三折，小心翼翼装进口袋里。

我的心里不是滋味。

返回的路上，我问："除了十块钱的石头钱，一车运费挣八块钱，油钱要花多少啊？"

刘双奇说："至少要三块。"

"这不就剩五块了！"

"五块也不少啊。"

"没算工钱还有辛苦。"

"力气哪当钱，不能算。"

我不敢再说话了。

少顷，刘双奇自言自语道："下回，不能给这个地方送了，得找给现钱的。"

我安抚刘双奇："这也一样，以后，你再找他换钱。"

刘双奇说："看着是一样，其实不是，你下回找他要，他还借故这事那事没有钱，我家里，攒了一堆这种条子了，有两个地方，人都跑了，纸条就死了。"

"还有这种事！"我惊叫。

刘双奇淡淡道："在这里开厂子的，有一些是外面的人，有的干一阵子就不干了，他们倒不是故意坑人，是三角债，互相欠。老许这

里，不会有事，他是咱乡皇寺人，跑了和尚跑不了庙。不过，还是拿到现钱好，放心，睡觉踏实。"

四

准备到另一个采石场装石头运第二趟时，拖拉机坏了。

刘双奇生气地说："倒霉，今天不干了，咱早点回家吃饭！"

在路边的一个修理门市修了半天拖拉机，花了五十块，我替刘双奇掏了。刘双奇过意不去，一直说回家给我。接着，刘双奇在旁边的食品店买了一瓶酒和几瓶罐头，我们就开着拖拉机回家了。到家门口时，刘双奇说吃过饭我和你大嫂再上山，就把拖拉机临时停放在胡同旁的椿树下了。胡同口的另一侧，还停着一辆"桑塔纳2000"。我跳下车后看了一下手表，时间是十二点十分。

一进家，我和刘双奇才知道出事了。

院子里有不少人，对我来说都是陌生人。

王秀娥像是哭过了，眼睛红肿着，看见我和刘双奇进来，不知道该干什么，抽泣两声捂住脸扎在了墙头上。

是在县城读高二的春喜出事了。

春喜傻了，双手掖在蓝色半袖衫里，目光呆滞地坐在柴棚下的草墩上，直勾勾地盯着不远处的某一点茫然，偶尔眨眨眼，但却是翻的白眼，长满青春痘的脸硬成了铁板，茸茸的胡子下，像刘双奇一样的厚嘴唇紧紧绷着，并间或突然笑得瘆人地叫一声："嘿嘿！去死吧你！"

在看到春喜这个样子的一瞬间，我知道发生了什么，刘双奇也肯定知道了。我看见刘双奇的脸突然就黄了，胳膊上的汗毛一根一根竖起来，但他顷刻间就镇定了下来。他下意识将塑料袋里的酒和罐头朝我怀里一塞，一边朝春喜走，一边问："怎么了？这是怎么了！"

有人说，学校把春喜送回来了，他的精神可能有了问题。

刘双奇上去拉住春喜："春喜！你怎么了孩子！"

春喜像是不认识他，翻着白眼珠空洞地望着墙头，突然笑笑喊一声："嘿嘿！去死吧你！"

刘双奇的瘦脸剧烈地抽搐一下，愤怒地举起巴掌，但旋即就停留在了空中。这时，有个戴眼镜的跟我岁数差不多的人拽住了他："老刘，你别急，听我给你说！"

"春喜这是怎么了！"刘双奇也许知道怎么了，但他还是咆哮了一声。

后来，我知道戴眼镜的是春喜的班主任周老师，刘双奇去学校看春喜时，周老师找刘双奇谈过两次话，早就认识。

周老师拉拉刘双奇，让他蹲在春喜的身边，扳出了春喜的胳膊。

我看见，春喜的双手缠着厚厚的绷带。

"这又是怎么回事？"

周老师说："春喜把自己的十个手指手都划破了。"

"为什么？"

"为了不能上网。"

"他上网？"

周老师说："春喜迷上网上游戏一个多月了，一有时间就泡网吧，学习成绩急剧下降。可我发现才一个星期，我找他谈了话，他说以后不了，三天后他就把自己的手指头肚拿指甲刀一个个铰破了，同学们送他到卫生所做了包扎，晚上，他说了一夜胡话，早晨起来，就成了这个样子，除了笑着说这一句，好像什么都不知道了。今天，我和陈校长商量了一下，就把春喜先给你送来，在家里观察一段，医生说，没大事，估计能恢复过来。老刘，你一定要冷静，春喜这孩子很刻苦，很优秀，压力也大，他还未成人，他无论做了什么，你千万不要再给他施加任何的

压力了。老刘，这是我这次来，对你唯一的请求。春喜的具体情况，他的同学，你们村的刘天亮最清楚，有一些事，你可以问问他。"

刘双奇轻轻抚摸着春喜手上的绷带，茫然的眼里有一圈儿泪在打转转。

真是祸从天降。

学校的人走了，邻居走了，春喜本村的同学刘天亮也先回家了。

王秀娥做好的饭，迟迟没人说吃。

我和刘双奇、王秀娥蹲到春喜身边，无论如何叫不应他。他谁都不理睬，只那样木然地坐着，一会儿傻傻地喊一声"去死吧你"。

春喜真的就这样傻了废了吗？

"吃饭！"刘双奇叫了一声，"喝酒！"

王秀娥照料春喜吃饭，我陪刘双奇喝酒。

刘双奇叹口气说："我知道电脑能上网，叫互联网什么的，能玩游戏，城里还有网吧，可我搞不清，怎么还能害人？把好好的人弄傻？这我有点不懂。贾同志，你在城里，是写文章的，你说这是怎么回事？"

我想了想说："网络游戏能使人上瘾，着迷，在现实中得不到的，可以在网上实现，在生活中受挫，可以在游戏中找到平衡，能刺激人的欲望，就像毒品，也像过去的抽大烟，一黏上不容易戒掉。"

刘双奇点点道："这我知道了，从前听我爷爷说，我二爷，也就是我的叔叔，在旧社会就是抽大烟抽得妻离子散家破人亡的。可这都什么年代了，大烟没有了，怎么又换了新鲜的招式祸害人！这到底是怨有这种电脑游戏还是怨春喜没出息？"

刘双奇的话虽朴实，但却道出了一个很大很大的社会问题，我一时不知道怎么回答他。

"你说，玩玩游戏，孩子怎么就傻了？"刘双奇独自喝酒。

我安慰刘双奇道："春喜没有事，可能是一时的，你别着急，可能是学习太紧张，在家好好休息几天，说不定就没事了，老师不是也这么说了吗。"我这样说着，就在心里重复起了刘双奇刚才的话，是啊，就算是春喜一时没把握住自己，沉湎于网络游戏了，可也不至于傻了呆了神经病了。

"下午咱还去拉石头了不？"我想岔开刘双奇的话题。

刘双奇瞪瞪眼："拉呀！给春喜治病，更得花钱了，再说，春红的学费，还得挣啊，为什么不拉，拉！以后，我自己拉！"

说着就喊他妻子王秀娥："他娘，你过来一下！"

王秀娥照料完春喜吃饭，又安顿他睡了。

"春喜睡了，你小声点。"王秀娥过来了。

"睡了？"刘双奇情绪好转了一些，喝口酒说，"睡了好，说不定，醒来就好了。"

王秀娥带着哭腔道："我一个人在家，他们带着春喜来到家，我一见到春喜那个样子，当时头都炸了。你说，这好端端的人，怎么突然变成这样了……"

"少给我哭哭啼啼！"刘双奇有些微醺，轻声呵斥王秀娥道，"兵来将挡，水来土掩，没有爬不过的坡，没有过不去的河，月有阴晴圆缺，人有旦夕祸福，命里没有莫强求，走遍天下不满升。春喜有这一劫，可能是命是该着了，哭没法，急没用，伤心更是白搭！我们不要自乱了方寸，日子该怎么过还要继续过下去。往后，你就不要跟我上山了，我一个人干，你在家给我好好伺候孩子。转天，我领他到市里看看大夫，休养一阵子，孩子学习，可能是太苦了，不行，让他歇一年再上。但是，运输咱尽量少耽误，钱还得挣，饭还得吃，春红也一点不能受委屈。再退一万步说了，就是春喜将来真落下个好歹，咱还有闺女咧，闺女出息了，咱一家不是照样有好日子过。"

刘双奇的话让我佩服，也让我好感动。我原来怕刘双奇想不开，还想做一番他的思想工作呢，现在不用了。面对突起的大祸，他比我都看得开。

"看你说得多轻巧……"王秀娥在抹眼泪。

"那怎么着，我也哭吗！哭和愁能解决问题吗？"刘双奇拍拍石板说，"我告诉你，我刘双奇可是老高中生，文革大串联过，去过韶山冲和橘子洲头，闯过关东，是见过世面的人，也是经历过大苦大难的人。在刘家，我是第一个高中生，可文革来了，我废了，这不怨我，怨天。在村里没法混，我不甘心，我就换个环境，跑到了东北，在北大荒，我一个人种了三十亩地，一垄麦子割一天才到头，一天不直腰。不是这个，我能趁咱这里喳喳唬唬闹运动时，安安生生带回来一千块吗？说实话，这一千块不是送给你们家，你爹能让你嫁给我吗？几十年来，我没叫过一声苦，也没喊过一句累。我们一路风雨过来了，不是哭过来的，不是愁过来的，是踏踏实实干过来的。你还记得春红接到大学录取通知书的时候了吗？那时你弟弟刚借给我们钱买了拖拉机，那五千块学费，愁得咱俩睡不着觉。闺女口口声声不上了，让我们拿钱供春喜上学，我记得我当时是这么跟闺女说的，我说，你必须去上，你是村里第一个女大学生，刘家就要这个第一，你不是给你自己上，是给你爹我上，是给刘家刘双奇这一股上，钱的事，你不用管，你也别管你爹怎么挣。怎么样？我们过来了，现在不借债，不欠款，日子是芝麻开花节节高。可话说回来，人这一辈子，不可能一顺百顺，沟沟坎坎，风风雨雨，想象不到的祸事，随时都有可能发生。春喜的意外，就当是我那年遇到了文革，那时，我比他还小一岁，我相信，天无绝人之路，咱们还有很多没有办完的事，不能在这儿哭在这儿叫。他娘，你放心，不管天塌还是地陷，家里的事都由我扛着，我们该干什么干什么，你别哭了，听见了没！"

刘双奇喝了半瓶酒，脸和脖子都红了。

王秀娥不哭了，哑着嗓子说："可我，一时受不了，孩子怎么就傻了啊！"

刘双奇闷着头沉吟片刻，问王秀娥道："你给春红宿舍打电话了吗？"

"打了，说她没在。"

"今天星期六，不上课，没问她干什么去了。"

"没有。"

刘双奇眯着眼抽几口烟，突然对我说："你吃好了没有？"

我说："我早好了，在等你。"

"那求你帮帮我，跟我到天亮家一趟。"

天亮是春喜在县城上高中的同班同学，上午，他跟学校的老师一块回来送春喜，吃饭前回家了。当时周老师提到过他，我见过他，是一个胖胖的，个儿不太高的孩子。

"找他干什么？"

"有些情况，我得了解清楚了。"

五

村街上很静，没有风的消息，煌煌的太阳蒸烤着，树们萎靡不振得像患了大病，蝉鸣一阵紧似一阵，池塘里的青蛙不知疲倦地聒噪，路上见到的一些鸡和狗，都在阴凉下卧着迷瞪得恍若做梦。

拐上另一条街，穿过两条胡同，就是春喜的同学天亮家了。

看来，天亮家在村里过得比一般人家好得多。他家是一个崭新而且气派的四合院，黑漆大门，雕花门楼，高高的围墙通体砖砌而且透着花窗，堂屋是一个贴着乳白色瓷砖的二层楼，院里有梧桐树，花池子，葡萄架。

天亮爸爸在外地做药材生意，不在家。他母亲跟我们寒暄过，对刘双奇说了一些同情和安慰的话，给我们沏过茶，便去屋里了，我们和天亮在院子里葡萄架下的石桌旁说话。

春喜迷恋网络游戏并导致精神错乱的过程，据天亮的讲述，大致

情况如下：

在距县一中东侧的一条街上，开着不少网吧，一些青少年从早到晚泡在这里，其中有不少是一中乡下考来的住校生，几乎都是在玩网络游戏和网上聊天。春喜学习用功，成绩在年级里一直都是前几名，家里也穷，所以从来不去这种地方。跟春喜同村也是同班的天亮，学习成绩不好，家里也有钱，从去年初开始，一得空就往网吧跑，先是玩"五子棋""斗地主"，后来玩"CS""大话西游"，现在则玩"奇迹""反恐精英""传奇3"。有时，天亮跟春喜炫耀，说得了多少分，过了多少关，如何如何过瘾，但春喜始终不感兴趣。一个月前，天亮突然在网吧里看见了春喜和另一个同学，就过来跟春喜打招呼。春喜很惊慌的样子，红着脸说我来看看，一会儿就走。大概是从这时候起，春红开始玩网络游戏的，但是怎样迷上的，天亮不清楚，还特别怕天亮知道，独自背着到另一个网吧去。天亮尽管也玩得上瘾，但除了周末周日，他一般到夜里十二点就回宿舍睡觉了。春喜则疯了似的，一玩一个通宵，白天在课堂上打瞌睡，还多次向天亮借钱。天亮问他干什么用，他还支支吾吾不说。周老师得知后，找他谈话，狠狠批评了他，他表示要改，但回来跟天亮说，我改不了啊，控制不住，不去网吧，比死了还难受。天亮知道春喜迷进去了，再不敢借他钱了，对他说，你不能跟我比，我家有钱，将来考不上学，我跟我爸去做生意，春喜你不行，你爸每天那么苦那么累地运石头，就是为了叫你考上大学有了出息，你可不能这样耽误自己。春喜很痛苦，揪着自己的头发撞墙，哭着说，我谁也对不起，我废了功课不说，还花了这么多钱，没脸见我爸！回去后，他偷偷用指甲刀把自己的手都剪破了，睡了一夜后，第二天就变成了这个样子……

刘双奇抬起头问："春喜借了你多少钱？"

天亮眨眨眼，偷偷朝冲堂屋门口看看，怯怯地说："大伯，你可别急，要不我不说。"

刘双奇说："你说吧天亮，春喜都这样，我不会怎么样他的。"

天亮说："总共一千二。"

"啊！"刘双奇惊叫一声，"这么多！"

"上网费倒没多少，一个小时才一块五，包通宵五块，可玩联网游戏要得到金币和经验值，可以凭玩技也可以买点卡获得。我不知道春喜玩的什么，从他老说那句看，好像玩的是反恐精英。我喜欢玩的，是传奇，从一玩到三了，玩时，为了提高自己的武艺获得经验值一直升级，有一次我在网上买一本秘籍，花了六百块呢……"

刘双奇瞪大了眼睛："好家伙，有这样的事，一本真书才多少钱？够我拉一个月石头了！"

"我修炼了好几个月的功夫，花了两千多块，有一次在网上一下就被人打死了，真让我受不了，我真想找到这个玩家杀了他。"

"这是什么意思？我有点听不懂。"刘双奇木着脸道。

我在一旁说："在电视上，我见过因网络游戏损失了点卡报复杀人的案件。也就是说，你在这个网吧跟远在南京的那个网吧的人一块玩同一个游戏，人家强大，你弱小，你打不过人家，人家把你打死了打伤了，你生气，就想真去找他算账。其实就像打牌打麻将，人家老赢你老输，你就愤愤不平生气想报复他。只不过，那是认识的人一块玩，网上，是一个天南一个地北素不相识地较劲争斗。"

天亮苦笑道："大致上算是这个意思吧。"

刘双奇咬牙切齿道："没见过，也没听说过，真是邪了，谁他妈发明的这玩意，我真想去杀光出这种馊主意让孩子不学好的混蛋！竟然把我的孩子逼疯了！"

天亮伤心地说："春喜是有点太过了，没想到比我还上瘾。"

"反恐，是人家美国人的事，管你们小孩子个屁，在网吧较什么劲，我真是不知道你们这是吃错什么药了！"

天亮垂着头不吭声，片刻之后道："春喜这个样子，我觉得不全

是因为游戏，主要是思想压力太大，精神一时错乱了。"

刘双奇直勾勾盯着天亮说："他有什么大压力？我可没说过他什么，钱的事没委屈过他！"

天亮眼神躲躲闪闪地看着刘双奇说："从他前几天跟我说的话中，我觉得，可能是他觉得你挣个钱那么不容易，现在他一不小心迷上了游戏，花了这么多钱，功课又耽误了不少，将来没了前途，怕对不起你伤你的心，所以……"

"噢！他是不是拿钱和成绩太当回事了……"刘双奇像是顿悟到什么，喃喃自语道，"难道，会是我的无能害了他……"

从天亮家回来，春喜醒了，坐在屋里的床上发愣，先前吼的那句话，好像间隔的时间长了一些。

"好像比刚来时好了点儿。"王秀娥说。

我也高兴地说："根据天亮说的情况，春喜主要是心理方面的，可能是一种精神分裂症，必须用药物先让他镇静下来，然后由心理医生再为他调理。这样效果肯定会好得多，恢复得也肯定快，不行，我们赶快送他去市里住院吧，尽量一点不耽误。我听说，精神分裂症发病快，及时治疗效果好，要是延误了，转成慢性的就有点麻烦了。"

刘双奇仔细看看春喜，又抬腕看看手表，眼里突然放着光说："现在两点来钟，还不晚。走，赶快给他治病，现在就走，他娘，你快去拿钱！"

我掏出手机说："我从市里要个车吧，另外，我在医院有朋友，帮你联系一下。现在给我同学打电话，让他开车来接我们一趟，这样更快。"

"那太好。"刘双奇兴奋地说，"真是给你添麻烦了，谁想到，会突然出这种事呢！"

我打完电话，和刘双奇一家坐在院子里等着车的到来。我心里茫然得很，不知道该说些什么。看着刘双奇坐在那里很平静地抽烟，我仿佛看见坚硬的石头那顽强生命的一种样子……